惡手大衣
梅洛琳 著
想我嗎？
你曾說過如果想你的話，
穿上它，就像你抱著我。所以，我回來了！

目錄

序

百貨公司裡人聲鼎沸，女人親暱的挽著男人，淺笑盈盈。戀愛中的女人全身散發著玫瑰色的光澤，即使不說，仍可讓周遭感受兩人正處於閒人勿近、請勿打擾的甜蜜期。

女人逛到了其中一個專櫃，盯著木製模特兒身上的衣服瞧，男人一眼望穿她的意思，低頭道：

「喜歡嗎？」

「嗯。」

「那就買下來吧！」

「不要啦！太貴了！」

「只要是妳喜歡，又有什麼關係，而且想我的時候，只要把衣服穿上，就像是我抱著妳。」男人說著，邊從女人背後環抱住她，在她耳邊低語。女人雖然嬌羞，但仍默許男人的舉動。

這時候，專櫃小姐見這對情侶在模特兒前面徘徊，連忙走了出來，三分鐘後，完成了這筆交易。

第一章　大衣

「歡迎光臨！」

自動門一打開，迎面而來是涼颼颼的冷氣，柳玉玟摸了摸裸露在短袖外的手臂，感覺有些寒冷，康意華走了過來。

「柳小姐，妳好久沒來了！」康意華打著招呼。

「對啊！所以想說今天過來看看你們有什麼新貨。」柳玉玟邊說邊朝兩旁張望，看有沒有吸引她的東西。

「上個禮拜有人拿大衣和皮包過來，妳有興趣的話，我可以拿給妳看看。」

「好啊！」

柳玉玟跟著康意華走了進去，看著後面的新品。說是新品，事實上這裡擺放的都是二手貨。

這間是位於東區的二手店，裡面幾乎都是客人拿來寄賣的衣物。自從經濟不景氣之後，這類的店面就因應而起，有些人礙於手頭緊縮，或是身邊有不需要的物品，都拿過來寄賣。就連有些名媛或貴婦，也將她們不需要的名牌皮包、大衣拿過來。

在這裡寄賣的幾乎都是名牌，像架上擺放的是過季的 GUCCI、LV 皮包，後面掛著二手大衣，雖然是舊品，但都保存良好，狀況頗佳，而角落擺置男士皮夾和皮帶，還有些配件。

貨物雖然簡單，不過都有品牌，經營這間店的康意華有她的理念，賣的雖是二手貨，但品質和牌子絕不馬虎。

這邊提供的是給那些買不起正品，又想擁有高級品牌的人一個購買空間，而寄賣的人也可以藉此獲取現金。要經營這樣的一間店面，也要有精準的眼光和識貨的能力。

說穿了，這是高級的跳蚤市場，你賣我買，皆大歡喜。

柳玉玟是這裡的常客，要不然像她一個普通的OL，怎麼能夠天天穿名牌？

「這個我上次來的時候沒看到。」柳玉玟拿起一個紅色皮革手提包，鮮艷的顏色跳進她的眼裡。

「這個皮包是昨天才進來的。」

「這個看起來很新耶！有用過嗎？」柳玉玟好奇的拿起來看，手提包上還有皮包新製特有的氣味。

「對方拿來的時候，還沒有拆袋呢！」

「還有這個，好可愛喔！」柳玉玟又拿起一個上面綴滿了小珠子的銀白色皮夾。

「妳喜歡的話，我可以再算便宜一點給妳。」柳玉玟是這間店的老客戶了，每個月花在這上面的比生活費還多。

「太好了！我要這一個。」柳玉玟開心的拿起皮夾，臉上露出笑容。

第一章　大衣

「妳要不要看看大衣？」康意華趁機推薦。

「天氣已經變熱了，還需要大衣做什麼？」

「就是因為天氣熱，所以大衣趁這時候買，比較划算喔！如果冬天再來的話，價錢都會提高。妳可以過來看，這是BURBERRY的大衣，是去年流行的款式，簡單素雅，任何場合都可以穿。」康意華拿出一件大衣，毛白如雪，典雅大方，柳玉玟忍不住伸手去觸摸。

「哇！摸起來好舒服喔！」她讚嘆著，接了過來。

「當然了，這可是純正羊毛喔！款式很適合妳！」

摸起來的觸感就這麼柔軟，穿起來的話，一定更舒服吧？柳玉玟走到連身鏡子前，想像自己穿起來的模樣。

「妳看，很適合妳，對不對？」康意華在她身邊出現。柳玉玟相貌清麗，加上雪白大衣看起來相當典雅，讓她彷若躋身名媛之列。

「真的好漂亮！」她忍不住轉了半圈。

「這件穿出去，不但可以提高妳的身價，說不定還可以釣到金龜婿喔！」康意華又吹又捧，目的就是快點把衣服推銷出去。

即使知道她說的不一定是真的，但的確是打動人心。看著上面的標價，雖然有點心痛，不過機會難得，用刷卡好了，下一次會不會有這麼好康的機會就不曉得了。

「這麼好的大衣，怎麼會捨得拿來賣呢？」

「對方拿了很多件，每一件保存情況都相當良好，我是看這件比較適合妳才推薦這件。」

柳玉玟看著鏡中完美的自己，一咬牙！連試穿都免了。

「好，我買了。」

「那跟剛才那個小皮包，我一起算妳九折吧！」

※　※　※

柳玉玟提著紙袋，喜孜孜的走進家中，除了大衣和皮包外，她還有不少戰

第一章　大衣

利品，那些精品幾乎充斥她整個房間。

當她看到一件黃色的喀什米爾羊毛衣竟被隨意丟在沙發上，不禁惱火起來！

「媽！」

「什麼事？」游淑桂從廚房走了出來。

「妳幹麼把我的衣服拿出來？妳又亂動我的衣服了是不是？」柳玉玟把毛衣拿了起來，臉部肌肉開始扭曲！「妳、妳，妳把我的衣服拿去洗了是不是？」

「我看它丟在床上，以為要洗，就拿到洗衣機去洗。」游淑桂相當坦白，她沒想到洗完之後，衣服只剩下一半了！

「我不是跟妳說過，我的衣服妳不要亂動嗎？我自己會拿去洗，妳幹麼那麼雞婆？」柳玉玟不客氣的道。

「我以為那件髒了要洗……」

「不管它髒不髒，妳都不要亂動我的衣服，這件很貴耶！」看到縮水僅成一半的羊毛衣服，柳玉玟心疼不已。

「妳不是說它很便宜?」被游叔桂搶白，柳玉玟不滿的道：

「我買的衣服怎麼可能會便宜?這些都是名牌耶!反正我的房間妳不要進來，更不要隨便亂動!」買的時候沒有考慮價錢，洗壞之後才心疼不已，柳玉玟的心態著實可議。

游淑桂也被她念到發火，忍不住火大起來：

「誰叫妳衣服不收?丟得亂七八糟，誰知道哪件穿過?哪件沒有穿過?哪個女孩子像妳這樣?房間髒得像個豬窩，有空穿衣服，沒有空收衣服!將來怎麼嫁出去?」

「不要嫁就好了!」

「妳要變成老姑婆啊?」

「對啦對啦!」柳玉玟轉身走進房間，用力把門關了起來。

真是的!老媽這麼雞婆幹嘛!這件衣服，可是她趁百貨公司特價時買回來的，說是特價，打完折也要兩、三千，竟然洗到縮水，她不免感到心疼。就跟她說過，房間的東西都不要動，偏偏愛亂動，真是！

柳玉玟趕緊查看還有沒有其他東西被損壞，還好除了那件羊毛衣，其他的東西都沒事。

柳玉玟雖然愛買精品，但卻不善整理，皮包放著滿櫃都是，衣服更不用講，通常是東丟一件、西丟一件，等到要用的時候，才會開始整理清潔。

她常自嘲亂中有序，所以不准其他人進她房間，沒想到游淑桂竟然犯了她的禁忌，真是氣死人了！

「不會洗就不要洗，這麼愛洗做什麼？又沒叫妳進來！只會搞破壞而已。」柳玉玟一張嘴巴碎碎念，埋怨個不停。她清出一個位置，將新買的大衣吊在衣架上。

潔白的大衣柔軟似綿絮，剪裁大方，那毛色晶瑩的像透出光芒，令人愛不釋手，彷彿穿上大衣之後，人也變得與眾不同。

「明天再來穿，現在先去洗澡好了。」她拿著換洗衣物，走出房門。

趁柳玉玟不在的時候，游淑桂進了房間。

「一天到晚只會買東西，也不懂得收拾，亂七八糟的，將來怎麼嫁出去？」她邊念邊動手。

幾乎是所有母親的通病，看不慣兒女的髒亂，想要放手又捨不得，便自己動手整理，即使柳玉玟不斷抗議，但仍是無效。

像現在柳玉玟正在洗澡，游淑桂便趁機進來，將她剛才扔到椅子上的外套掛到衣架上，地上的絲襪收起來，雜七雜八的東西歸類。

「都多大了，襪子還會亂丟，真是的。」彎下腰，再站起來時，她從梳妝檯內，看到有名穿著白色衣服的女人站在房門旁邊，愣了一下。

她轉過頭，哪有什麼女人？只有一件白色大衣掛在牆上而已。

「這孩子，又在浪費錢了，到底要講多少次！錢要存起來，一直買這些有的沒有有什麼用？」她碎嘴著，以為剛才只是眼花而已。

第一章　大衣

剛洗好澡的柳玉玟走了進來，和正準備出去的游淑桂對上，瞪大了眼睛。

「媽，妳又進來做什麼？弄亂我的房間嗎？」她的語氣不滿，游淑桂也不悅的道：

「什麼弄亂？要不是我幫妳整理，妳這房間能看嗎？」

「不用妳管啦！」

「我才不想管咧！太髒的話會生蟑螂啦！」游淑桂邊說邊走出去，為自己找理由。等她下次看不過去時，還是會出手。

「真雞婆。」

柳玉玟拿出吹風機吹乾頭髮，搶在韓劇播出之前，把所有事情結束。

等到她看完電視，回到房間，已經快十二點了，她躺在床上，蓋上棉被，想要入眠卻毫無睡意。

平常她這個時候，應該已經睡著了，今天是怎麼回事？她翻來覆去，意識像是運轉的馬達，時而清醒、時而模糊，她像是睡著了，卻又醒來了，睡眠細細碎碎的，無法得到真正的休息。

到底是怎麼回事啊？為什麼都半夜兩點多了，還沒辦法睡著？是天氣讓人渾身不對勁嗎？

情緒十分浮躁，到最後，柳玉玟實在受不了，坐了起來，與其整夜躺在床上無法睡著，不如起來走一走，看看等一下能不能好睡一點吧？

她下了床，到廚房去找了點東西喝下，看了看時間，已經兩點多了，再這樣下去的話，明天就來不及上班了。

她重新回到房間，不過還沒進去，就看到大開的房門，裡面有個人走來走去。而且那個人還穿著她今天剛買的大衣？

這個老媽也真是的，平常念她亂買東西，等她買回來之後，自己又拿來穿，真是！

不對呀！都已經幾點了？老媽早已經睡著，怎麼可能又跑到她房間試穿衣服？而且那女人波浪的頭髮長至肩胛，而老媽是短髮，身材臃腫，怎麼可能會是她？

柳玉玟相當疑惑，到底是誰會跑到她的房間？小偷嗎？

她緩緩的走向前，見那女人站在原處未動，似乎是聽到她的聲音，緩緩的轉過身來……

一見到那張臉，柳玉玟就愕然了！

那是張燒壞的臉，就像是木炭似的，全部焦黑，而她那雙白到過分的眼球，正望著她，柳玉玟喉頭一縮，緊張到無法呼吸，和她的視線對上。

這……到底是怎麼回事？怎麼有人可以燒成那樣還沒事？

那個女人朝她走了過來，柳玉玟想要逃走，腳卻虛軟無力。是夢嗎？她只是在做夢對不對！

正當她還在自欺欺人，她的脖子突然一陣熱燙，她驚叫起來！

「哎呀！」

不是做夢！是真的！她摸著自己的脖子，還可以感到那炙熱的溫度，也因為她嚇到往後跳，離開了那女人的範圍。

既然不是夢的話，那是……

柳玟嚥下唾液，驚恐的跑開，卻被女人拉住頭髮，她可以聞到她身上發出來的惡臭，那是烤焦過後的味道，令人作嘔。眼底淚水狂飆，她不停的大叫！

「啊啊！不要！救命啊！」

「給我……」

柳玉玟不知道她在說什麼，她用手肘一撞，女人鬆手了，柳玉玟趕緊躲到神桌底下，那是離她最近的躲藏位置，女人跟了過來，捉住她的腳，柳玉玟奮力一踢，踢中她的臉，她的頭顱就像是乾硬的泥土似的，開始剝落，她的頭就像不堪一擊的城牆……崩塌了。

「啊啊——」

柳玉玟邊叫邊爬，在她快要爬進房門之前，眼前一黑！

第一章　大衣

※　　　※　　　※

「玉玟，醒醒呀！玉玟！」

「啊！」

她跳了起來，把游淑桂嚇了一跳。

「妳怎麼搞的？有床不睡，睡在地板上做什麼？」

「我……」天亮了嗎？那個女人呢？柳玉玟驚慌的左右張望，發覺身體好冷，地板也好硬，她躺在地上，不是床上，她趕緊爬了起來。

天已大亮，窗外照進微濛的晨曦光芒，房間裡哪還有什麼女人？她看向牆上的時鐘，才五點半。

「天氣這麼冷，幹嘛沒事睡在地上？地板有床舒服嗎？妳在搞什麼鬼！」游淑桂囉嗦個不停，柳玉玟不想和她說話，雖然她常和游淑桂沒大沒小，不過她知道游淑桂膽子小，又禁不起嚇，決定掩飾。

「啊……沒、沒有啦！」

「那妳睡在這裡做什麼?」游淑桂當然也知道無緣無故的,怎麼可能會躺在地板上?

「沒有啦!妳不是要跳舞嗎?趕快出去啦!」柳玉玟抹去冷汗,急忙催促著。

游淑桂和幾個愛跳舞的人,凌晨時都會在公園跳土風舞。如果天氣不佳的話,則改在里鄰辦公室。

游淑桂擔心的望著她,說道:

「妳是不是又貧血了?晚上早點回來,我煮點豬肝給妳補補。」她以為柳玉玟是因為這個關係才暈倒的。

「好。」

「那我先出去了,妳昨天買的那件大衣借我,今天有點冷,那件看起來挺暖和的。」游淑桂邊說邊朝她的房間走去。

「等一下!」

「什麼？」

柳玉玟想要阻止，又不知要該怎麼說。昨夜那個女人穿的大衣，跟她買回來的好像？可是用這種理由拒絕游淑桂穿她的衣服，未免說不過去，柳玉玟正在為難，游淑桂已經將大衣穿好走出來了。

「還不錯吧！」游淑桂喜孜孜的道。

柳玉玟臉都綠了，游淑桂已經在換鞋子，走了出去。

那到底是夢還是真的？那個女人……如果稱的上是人的話？她的手勒住她的脖子，現在已經不燙了，但仍有些刺痛感，她走到廁所去盥洗，換好套裝，聽到大門喀啦作響的聲音，探出頭一看，游淑桂回來了。

「怎麼了？」她有些不安。

「這件衣服太粗，一直咬我皮膚，妳是買到什麼衣服？怎麼這麼難穿！」游淑桂邊說邊把大衣脫還給她。

「會嗎？」

「不信妳穿穿看。時間很晚了，我要出去了。」游淑桂認為大衣造成她皮膚過敏，將大衣交給柳玉玟，人又出去了。

柳玉玟摸摸大衣，相當光滑柔軟，哪像游淑桂說的那麼粗糙？難道她對這件大衣過敏？

柳玉玟本來想穿另外一件外套，但一接觸到這件大衣，柔滑的觸感直入心底，白得發亮的色澤令人暈眩，讓人無法離開視線，爾後，她的雙手像有自己的意識，將大衣穿了起來。

等到穿好大衣時，柳玉玟才驚覺，她在無意識之下做了什麼？

不過今天天氣冷，穿上大衣最適合了，而且昨天那個女人……也許是她的夢吧？雖然她對自己睡在地上難以理解，不過忙碌起來，就會忘了那些吧？

「該走了。」

她回房取出皮包，將昨天買的小皮夾放進去之後，離開房間，並沒有注意到鏡子裡，那個穿上大衣的女人。

第一章　大衣

天空灰濛濛的，寒意打在臉上，不過她穿著 BURBERRY 的大衣，身體卻暖呼呼的，這件大衣的確有保暖的功能，買這件還真的買對了。

她拉了拉領口，將雙手插進口袋，準備去搭公車。

第二章　反射

車行約半個小時後，來到了一棟大樓，柳玉玟在八樓的公司上班，她下了車，從皮包內找出自己的證件刷卡。

這棟大樓出入都要受到管理，除了感應臺之外，旁邊還有一名相當熱情的警衛，看到任何人都會打招呼。

「早。」

「早。」

她甜甜一笑。柳玉玟走到電梯前面，人潮洶湧，她擠不進去，只好等下一班。

「玉玟，早呀！」

第二章　反射

柳玉玟轉過頭來，見是同公司的同事，熱絡的道：

「珊妮，妳來啦？」

「對啊！還好，差一點就遲到了。妳看，我還把早餐帶來了呢！」她把手中的袋子朝她晃了晃。

「誰叫妳不早點起床！」

「拜託！我還要弄我家那個小的，哪像妳那麼悠閒？」簡珊妮埋怨著，她還不到三十，已經有個七、八歲的小孩，每天早晨都要跟小孩子奮戰，延誤上班的時間。

「誰叫妳要那麼早婚！」電梯門開了，她走了進去，簡珊妮也跟在旁邊，還有兩、三個人也走了進來。

「一時想不開嘛！哈哈！」

「妳現在後悔了嗎？」柳玉玟打趣的問道。

「還好啦！反正不管單身還是結婚，都有要面對的問題，既然選擇了，就去面對囉！」

「真有哲理啊！」

噹！電梯門關了。

「要不然怎麼辦呢？又不能回到從前。」簡珊妮嘻笑著，轉身看著她，當她視線落在某一點時，滿臉錯愕，她兩眼圓睜，嘴巴微張，甚至連手上拎著早餐的袋子都掉了下來。

發覺到她的不對勁，柳玉玟疑惑的望著她。

「珊妮，妳怎麼了？」

電梯裡其他人也往她們這裡看，緊接著，其他人的表情倏然一變，柳玉玟可以感覺到他們似乎看到什麼怪物似的，有的充滿吃驚，有的臉色發白，等電梯門一開的時候，所有人立刻衝了出去，連簡珊妮也跑走了！

「珊妮，等一下！現在才三樓，我們在八樓耶！」柳玉玟喊了起來，但早已不見人影。

第二章　反射

奇怪了！為什麼人都跑走了？柳玉玟感到不對勁，同時發覺旁邊鏡子不太對勁。

她的身體突然發冷，視線不由自主的往旁邊的鏡子瞧，這座電梯除了電梯門之外，左邊、右邊和後面，都是鏡子，所以即使只有她一個人，看起來人數也不少。

而此刻，她可以察覺左邊的女人，也在看著她。

電梯裡面，人都跑走了，那為什麼左邊的鏡子，會有另外一個女人？而且還穿著 BURBERRY 的大衣。

柳玉玟呆了半晌，才發現，原本應該是她的反射，此時卻站著另外一個女人，而且她的嘴角，有顆明顯的黑痣！

柳玉玟嚇得往後退，撞到了右邊的鏡子，而右邊的鏡子裡，也有著和她長得不同的女人，也是面對著她。

三面鏡子，就如同萬花筒，不斷折射出影像，有著千千萬萬個女人，然而除了她之外，其他的女人，她全都不認識！不論是左邊的鏡子，還是右邊的鏡子，那些女人，全都面向著她！

這怎麼可能？就算是鏡子，反射再反射，應該會有相反的一面，但她們全都朝著她，露出淡淡的微笑。

柳玉玟不斷按著電梯的開門鍵，而鏡子裡的女人，朝她走了過來，那手，就像要伸出鏡子似的，柳玉玟甚至可以感到她們在拉她的大衣……

「給我……」

「給我……」

「不要——啊！」

叮！

門開了！柳玉玟驚慌失措的跑了出去，她不知道現在在幾樓，她只想趕快離開電梯！

「哎喲！你是沒長眼睛呀？」有人吃痛的喊著，柳玉玟知道她是打掃公司的

第二章　反射

歐巴桑。連道歉都來不及說，她踉蹌的往前跑，不知道要跑到哪裡去。

剛剛鏡子裡面，發生了什麼事？

她感覺所有的血液朝其他方向流去，身體發冷。那些女人是怎麼回事？鏡子裡反射出來的影像為什麼跟她不一樣？又為什麼會所有的反射都是同一個方向？見鬼了嗎？

她不是穿上了溫暖的大衣嗎？為什麼這麼冷？

現在才六樓，她不敢搭電梯，只好從樓梯爬上八樓，還好只剩兩樓，花不了多少時間。

大白天的，怎麼會見鬼？摸了摸臉，她實在沒有勇氣去驗證，她走到自己位置，拿起杯子，想要到飲水機裝水，藉此鎮定下來。

「玉玟，早。」另外一個男同事小李打著招呼走了過來。

「早。」

「妳的臉色怎麼了？怎麼這麼白？」

「有嗎？」

「妳昨天沒睡飽嗎？這樣子很像鬼喔！」因為和柳玉玟熟，所以小李敢開她玩笑。

柳玉玟也不回答，逕自倒著水，不過手是抖著的。

小李是個愛面子的男人，平常梳妝整潔，他拉拉領帶，吹著口哨，走到對面的牆壁上掛著的鏡子，開始梳起頭髮來。

咦？公司裡有其他人嗎？

小李轉過頭，看到柳玉玟在倒水，而鏡子裡面，卻是另外一個女人……他忍不住退了兩步，叫了起來！

「啊！」

「怎麼了？」柳玉玟轉過頭望他，她的反射也落在鏡子裡。

「妳……」小李撞到櫃子，他指指她，又指指鏡子，柳玉玟也知道他在指什麼，臉色變得更加難看。

小李感到恐懼，轉身準備逃跑，柳玉玟背脊發冷，她知道不能在公司待下去，轉身就走。

這時候從三樓爬樓梯上來的簡珊妮，見到了柳玉玟，瘋狂的尖叫起來。

「哇！不要過來！不要——」她淒厲的喊著。

有些剛進辦公室的同事，還不知道發生什麼事，紛紛往簡珊妮望去，而簡珊妮一副受到驚嚇的表情，嚇壞其他人。

「喂！珊妮，妳怎麼了？」

「叫那麼大聲做什麼？」

不等簡珊妮解釋，柳玉玟立刻衝了出去。她連忙離開辦公室！連電梯都不敢搭，她從樓梯跑了下去。經過一樓時，熟悉的警衛錯愕的望著她，還沒有上班就跑了？

「小姐，妳下班了嗎？」

柳玉玟沒有回答，跑出了大樓。

柳玉玟離開了公司，不明白那是怎麼回事？為什麼鏡子裡的她和平常不一樣？宛若另外一個人，占據了她的影子！

※　　※　　※

儘管她穿著大衣，身體還是冷的，她走在外頭街道，不知道該怎麼辦？片刻她才想起自己還沒有吃早餐，現在飢腸轆轆，早上出門時，因為過於驚駭根本沒有胃口，但到公司就遇到那些事，也沒辦法坐下，現在肚子已經咕嚕咕嚕叫了。

既然都已經出來了，就吃頓好料的吧！柳玉玟經過間簡餐店，本來應該中午才開始營業，不過大概是為了加入早餐市場，現在推出西式早餐。就決定這間了，她走了進去。

「歡迎光臨。」

柳玉玟走了進去，找了個靠窗的角落坐下來。

「我要一份鬆餅套餐。」

第二章　反射

「馬上來。」

柳玉玟看著窗外，透過玻璃看著街道，給人一種隔世的感覺。外頭冷颼颼，大家都穿著高領或是毛衣，把自己打扮的像隻北極熊，柳玉玟慶幸自己在溫暖的室內。

「小姐，妳的鬆餅來了。」

服務生遞上鬆餅之後，柳玉玟開始吃了起來，食物果然有鎮定人心的效果，她一口接一口，將整份鬆餅吃光，然後拿起果汁來喝，心情好多了。等吃得差不多了，她習慣性從皮包拿出小鏡子來補妝。

打開粉餅的盒子，她看著鏡中的自己，嘴角有個髒污，她拿起桌上的面紙，想要拭去。

不對，這個黑點怎麼黏在她左邊嘴角上？怎麼也擦不掉！柳玉玟疑惑的看著那個黑點，它像是長在皮膚上，但她臉上向來沒有痣呀！什麼時候長了一顆？她趕緊再看看其他地方有沒有生黑點？

柳玉玟將鏡子上下游移了會，漸漸的，她發現不對勁，她將鏡子拉遠點，好讓她可以看清楚鏡子裡的容貌。鏡子裡開心的表情和她的錯愕形成反比，而那張臉……

啪！粉餅盒從她手中掉到地上，裡面的粉餅都裂開了。

「小姐，妳的東西掉了。」經過她身邊的店員，好心的提醒她，柳玉玟大夢初醒。

「喔？謝謝。」她站了起來，結了帳，迅速離開，連粉餅盒都忘了撿。

「小姐！小姐！」店員在她身後大喊，柳玉玟卻沒聽到，她快速離開那個地方。

不！那不是她，她一定是看錯了，才會把自己看成另外一個人，柳玉玟這樣告訴自己，才能壓下那一波又一波生出來的恐慌。

走在街上，看著陌生人的眼光，他們的表情泰然，反倒令她安心。只要沒有鏡子，什麼都行。

第二章　反射

電梯裡有成千上萬的女人，而且全都面向著她，那是錯覺！她這麼告訴自己！一定是昨天沒有睡飽，才會有這種錯覺！那麼，早上睡在地板呢？柳玉玟搖了搖頭，想要把那些甩開！

柳玉玟繼續向前走，經過一間電器行，看到了店門口擺著一臺監視器，旁邊的電視播放著正在走路的行人，和對面的街道，她停了下來。

她看到電視裡面，也有一個和她一樣穿著 BURBERRY 大衣的女人停了下來。

她往前走一步，那個女人就往前走一步，她往後退，那個女人就往後退，她摸了一下頭髮，那個女人也摸了一下頭髮……

平常她會覺得有趣，但現在她可笑不出來。

那張臉！那不是她的臉！那張和她截然不同，嘴角有顆黑痣的女人，那不是她！她的眼睛沒有這麼嫵媚、她的鼻子也沒有這麼高挺，她……她不是長這樣！

再也忍不住，她大喊了起來。

「啊——」

※　　※　　※

柳玉玟不知道怎麼回到家裡的，她跌跌撞撞，一打開門就直衝房間，將房門鎖起來。

游淑桂連柳玉玟的臉都沒看到，只見一個身影衝進房間，她走了過去，拍著房門。

「玉玟，妳怎麼了？」

「走開！」

「玉玟？」

柳玉玟沒心思去理游淑桂，她的臉……她的臉……柳玉玟鼓起勇氣，看著鏡中的自己……

「啊！」

第二章　反射

「玉玟，妳怎麼了？開門呀！」門外的游淑桂，叫得更大聲了。

「走開——」柳玉玟把自己埋在棉被裡悶叫，她的叫聲淒厲，更讓游淑桂擔憂。

「妳不是去上班嗎？怎麼還不到中午就跑回來了？」游淑桂不斷拍打著門。

柳玉玟根本沒心思去理會門外，她被自己的模樣震驚了！

她變臉了嗎？如果她的臉變了的話，不可能周遭的人都沒注意到，她一路上碰到的那些人，大家都相當自然。只有在看到鏡子的時候，才會出現駭然。然而更大的疑點是，如果只是變臉的話，為什麼電梯裡面的影像和一般反射原理完全不同？

這，到底是怎麼回事？

懷著忐忑與不安，柳玉玟緩緩的將棉被拿下，再往梳妝檯瞧，一個女子同樣也從棉被裡探出頭來，並且朝她露出微笑。

「走開！」

她隨手拿起床頭櫃上的鬧鐘，往梳妝檯一丟——匡啷！鏡子應聲破裂，而那個女人也破裂成好幾個。

「玉玟！」在外面的游淑桂聽到聲音，驚恐的叫了起來！

「嗚……嗚……」為什麼會變成這樣呢？柳玉玟哭了起來。

因為擔心女兒，游淑桂不得已拿出備份鑰匙，打開房間。

「玉玟？」她輕喚。

「出去！」柳玉玟將頭埋在棉被裡。

「發生什麼事？」

「走開！妳給我走開！」

「妳這孩子有沒有禮貌？竟然叫我走開！妳在裡面做什麼？幹麼把自己窩在棉被裡？熱死自己啊？」游淑桂走了進來。

「不要進來，妳走——」柳玉玟頭埋在棉被，手指著房門，堅決不讓游淑桂看到她的臉。

第二章　反射

「妳這孩子是怎麼回事？不好好上班跑回來做什麼？」游淑桂不禁發火。

「妳不要管我！」

「我也不想管妳呀！可是妳到底在做什麼？」」

「妳走！妳走就是了！」

游淑桂忍住氣，深呼吸之後，才道：「好，我走，我走就是了！」她氣呼呼的出去了。

聽著游淑桂離去的聲音，柳玉玟不禁難過起來。到底發生了什麼事？她為什麼會變成這樣？柳玉玟不知道，她只感到恐懼，這一切，彷佛只是一場夢。

這時候，她覺得好熱，她穿著大衣又蓋著棉被，雖然天氣偏冷，不過也著實熱了些，她推開棉被，準備把大衣脫下。

奇怪，釦子明明解開了，為什麼衣服脫不下來？她用力一扯，皮膚竟然感到疼痛？

「啊！」她撫著鎖骨的地方，皮膚像被撕裂，這是怎麼回事？

她小心翼翼的想要將大衣脫下來，卻發現身體和衣服之間，一點空隙也沒有，而當她要褪去衣服時，身體就會傳來疼痛。就像是……就像是有人趁她不注意的時候，用黏膠牢牢的將大衣跟她的身體黏在一起。

這讓她感到恐懼，同時也不敢置信，怎麼會發生這種詭異的事？

柳玉玟驚慌的看著大衣，想要將它脫下來，但無論她怎麼脫，都脫不下來，她抓起大衣的時候，她的皮肉就會感到痛苦，緊密的程度彷彿大衣是她身體的一部分，她再也擺脫不掉它！

「啊！」

她叫了起來，不敢置信會發生這種事情，她心慌意亂，不肯接受這檔事，她跳了起來，從抽屜裡找出剪刀，想要從袖口把大衣剪開，而當她劃破大衣時，身體傳來更銳利的疼痛。

「好痛！」她叫了起來！而大衣上竟然滲出血跡？

怎麼會這樣？為什麼會脫不掉衣服？柳玉玟不肯相信，她再度剪開，被剪的地方，同樣傳來疼痛，就像大衣黏在她的皮膚上，如果她要剪毀，勢必連自己也會受傷害。

怎麼會這樣？她雖然喜歡漂亮的衣服，但並不想一輩子穿在身上脫不下來。

「嗚……嗚嗚……」她忍不住哭泣起來。

柳玉玟放棄剪刀，改用拉扯，但大衣的纖維似乎已與她的細胞結合在一起，她稍微拉大力一點，就會傳來疼痛。

「玉玟，妳怎麼了？」門外傳來游淑桂的聲音。

「妳走開！」柳玉玟並不想讓她看到現在的模樣。

「玉玟？」游淑桂充滿擔憂，又不知道發生了什麼事，只能說道：「早上不是說要吃豬肝嗎？我煮好了，妳出來吃吧！」

吃？吃什麼吃！她都變成這樣了，還有心情吃飯？

「我不要吃！」

「玉玟？」

「走開！」

柳玉玟只想把這件大衣脫掉，它不但黏在她的皮膚上，還改變了她整個人。

柳玉玟躺在床上，沒有辦法接受這種事，她不斷告訴自己、催眠自己，這一切只是場夢，只是夢而已，等夢醒之後，就恢復正常了。她閉上眼睛，逼迫自己陷入沉睡中。

第三章　攻擊

夢？是夢嗎？

柳玉玟張開眼睛，眼前盡是一片黑暗，她想要推開眼前的黑暗，卻感到有個柔軟的物體在阻擋，她整個人都在這個物體裡面，就像是被人關在袋子裡。

袋子？

柳玉玟疑惑起來，她不是在家裡嗎？為什麼會被關到袋子裡？她不斷捶打著，並且大叫：

「放我出去！快放我出去！」

窸窸窸窸……

窣窣窣窣……

誰？外面有人！而且像是……在笑？

「你們是誰？快點放我出去！」柳玉玟不斷的吶喊。

有聲音，而且是男人和女人的聲音，那聲音很熟悉，她不確定她有聽過，而他們沒有回答她，四周越來越熱，溫度越來越高，她的汗水直流，皮膚彷彿被烘烤似的，水分不斷消失，柳玉玟感到不安，她不斷的扭動身體並喊著。

「救命！救命呀！」

外面的笑聲越來越大，越來越猖狂！

「拜託你！放開我！拜託你！」她拚命向他們求救。

恐懼湧了上來，柳玉玟從來沒有這麼害怕過，熱度與濃煙不知道從哪裡竄出，侵襲著她的身體與口鼻。

「救命呀！救命！」

她不斷大叫！但是沒有人聽到，緊接著，她清楚看到紅色的火焰在她眼前跳動，像是巨大的火布覆蓋著她，她無一不熱、無一不痛，水分的蒸發與炙人的火焰，柳玉玟只能不斷的尖叫！

「給我……給我……」

又來了！那個聲音又來了！一直在叫給他，不知道要給他什麼東西？在狂熾的火焰當中，浮現了一張臉，那是一個已經燒焦的人，照理來說應該是乾屍，但他尚未被燒毀的雙目，睜得好大，乾褐且焦黑的手臂上還有著跳動的紅色火焰，相當刺目。

「給我……給我……」

「不要！」

「給我！」他抓住了柳玉玟的手！

「啊！啊啊——」

她燙醒了過來！

柳玉玟真正醒了過來，並且發現她還在房間裡，不過渾身上下仍像是被火燒般的疼痛，她跳了起來，想要將大衣脫掉，但那大衣牢牢的黏在她的身上，怎麼樣也拔不下來！

好燙！好燙！不是夢！大衣像是火衣似的，燒得她全身好燙，快要人體自焚了！她想要脫、要扯，皮肉也差點被她拉下來，但衣服還是脫不下來！

她痛得直泛淚，而大衣的溫度更是駭人，她的肌膚都要融化了，柳玉玟忍不住，衝到外面，跑進浴室，打開蓮篷頭，讓水灑下來。

清涼的水落在她的頭上、臉上、脖子，似乎也流進了體內，溫度似乎漸漸降了下來，她鬆了口氣。

而BURBERRY的羊毛大衣在強勢的水柱下，羊毛開始服貼，它們似乎不再作祟，安靜下來。

即使如此，她還是無法將大衣脫下來，她的皮肉，仍和大衣結合著。

她到底造了什麼孽，為什麼會遇到這種事情！柳玉玟躺在浴缸裡，手捂著臉，嗚嗚咽咽的哭了起來，她的哭聲和水聲混在一起。

「玉玟，妳怎麼了？妳到底發生什麼事了？」在浴室門口的游淑桂見到她這樣子，擔憂的上前。

「媽！」她抱著游淑桂，大哭起來！

「怎麼了？發生什麼事？」游淑桂愣住了。

「脫不下來，衣服脫不下來。」她忍不住哭訴，游淑桂聞言一愣，不懂她的意思。

「什麼？怎麼會脫不下來？」

「妳看。」柳玉玟把衣服扯開，游淑桂也看到衣服裡面的狀況，她的臉色一變，上前幫她扯開衣服。

「怎麼會這樣？」

「好痛！」游淑桂太過用力，拉扯著她的肌膚，柳玉玟忍不住叫了起來！游淑桂趕緊放手。

「這是怎麼回事？」游淑桂也感覺事情不對勁。大衣和肌膚緊密的黏住，如果將大衣拉起的話，皮膚也會一起抬起來。

「不知道，我不知道……」柳玉玟不斷嗚咽著，見她如此，游淑桂心疼不已。

「這是怎麼黏的？」

「我不知道……」水在下，她的聲音顯得破碎。

看著詭異的大衣，緊貼著柳玉玟的身體，游淑桂雖然感到驚恐，不過仍安撫著她，試圖給她力量。

「妳先起來，我先幫妳把身體弄乾吧！」

※　※　※

游淑桂在客廳幫柳玉玟吹乾頭髮，還有衣服，這件詭異的大衣依舊附著在她身上，無法卸除，只好一寸一寸的吹乾。等弄得差不多時，柳玉玟抬起頭來，看到放在鞋櫃上面的小鏡子，那是她們母女平常出門時，都會整理儀容的地方，此時鏡子卻成了恐怖的物品。

「啊！」她叫了起來！

「怎麼了？」游淑桂問道。

「媽，把那個鏡子拿走！」她充滿驚恐，開始瘋狂的大叫！像是失控的小女孩。

「鏡子怎麼了？」

「拿走！」

游淑桂雖然感到狐疑，不過還是把鏡子拿走，柳玉玟緩緩的環視四周，家裡的液晶電視螢幕反射出不屬於她的影像，正蹺著腳，微笑著端坐在沙發上，和她縮在沙發上的實像不符，她尖叫起來！

「不要過來！不要！媽——快把電視拿走！」

「玉玟？」

「我不要看電視，快把電視拿走！」

游淑桂怎麼有辦法搬走電視，她心疼女兒，只好隨便拿了件外套，將電視的螢幕蓋了起來。

見到反射的物品都有了遮蔽，柳玉玟鬆了口氣。不過整個人仍充滿恐懼，深怕那些反射的影像再度出現。

柳玉玟遇到怪事，游淑桂知道她難受，一反平常責罵的態度，語氣也輕柔了許多：

「玉玟，妳今天都沒有吃東西，先吃點粥吧！」

「我不想吃。」

「不吃怎麼行呢？妳今天回來後都沒有吃東西，等吃完東西之後，再去房間休息吧！」

「不要！我不要進去！」提到房間，柳玉玟想到鏡中的那個女人，頭搖得都快被她甩了出去。

「玉玟？」

「媽，我去妳的房間好不好？」柳玉玟幾乎是哀求著，游淑桂的房間並沒梳妝檯，也沒有鏡面，柳玉玟便如此要求，而且她已經不想再進去有那個女人的房間。

「好好好。」

柳玉玟站了起來，游淑桂扶著她到了房間，柳玉玟驚恐的望著四周，確定沒有任何反射影像，才緩緩的朝游淑桂的房間走去。

打開房門，很好，沒有鏡子，她鬆了口氣。

柳玉玟走到床邊，坐了下來，由於無法脫下大衣，她只能擁衣和眠，她的眼角滲出了淚水。

「玉玟，怎麼哭了？」游淑桂相當心疼，老伴走了之後，她就只剩這個寶貝女兒。

「嗚……媽，我、我好怕。」想到發生在她身上的一切，她就害怕。

「怕什麼？媽在妳身邊。」游淑桂拍著她的背。

「我怕這件衣服永遠脫不下來，我怕會一直這樣下去，我不要，嗚……我不要！」柳玉玟悲愴的喊著，她怕她就被這件大衣給毀了！

「乖，不會的，等明兒個一早，媽就去找人，幫妳把衣服脫下來。」游淑桂安慰著她。

「能脫下來嗎？」她淚流滿面。

「可以的，一定有人可以幫妳把衣服脫下來的。這麼邪門的事情，一定有高人可以解決。」

「真的嗎？」她可憐兮兮。

「真的。可以的話，妳先睡一下，等一大早，我就帶妳去找人。」即使不知道有誰可以幫忙，她也要想辦法。

「好。」

「那妳在這裡，媽先去洗澡。」剛折騰了半天，她也有些累了，想早點休息。

「好。」

柳玉玟完全像個小孩，她躺了下來，看著游淑桂打開衣櫃，拉開抽屜，找著她的換洗衣物。那衣櫃聽說是游淑桂的嫁妝，從她結婚時就帶過來，是相當

第三章　攻擊

粗重而老式的木製衣櫃，她忘了游淑桂的衣櫃門，就鑲嵌著一面連身鏡！

此刻她看到原本鏡子裡應該屬於自己的反射，竟然推開身上的棉被，站了起來。而且鏡子裡面的女人，朝衣櫃走了過來。

見到這個情況，柳玉玟又慌又怕。

「媽！」她驚恐的叫了起來。

「什麼事？」游淑桂轉過頭看著柳玉玟，她沒看到鏡子中的女人朝她而去。

「媽，快、快走！」她驚恐的叫著，卻沒勇氣離開。

「怎麼了？」游淑桂相當困惑。

原本應該屬於自己反射的女人，有著和她不同的臉蛋，「她」朝她微微一笑，柳玉玟驚駭得動彈不得，只能看她伸出雙手，朝鏡子裡的游淑桂的脖子掐了過去。

「啊！」

游淑桂突然睜大雙眸，她抓著自己的脖子，不明白發生了什麼事，只覺得像是有人勒住她的脖子，阻礙她的呼吸！

柳玉玟睜大了眼睛，嘴抖個不停，淒厲的喊了起來。

「不要！走開！」

她推開棉被，連滾帶爬，朝游淑桂跑了過去，她想要把看不見的手移開，但她找不到女人的手，只看到她脖子奇異的凹陷下去，只有游淑桂因為難受，而不斷在脖子上下移動的雙掌。

「玉……玉玟……」游淑桂想要叫女兒救她，柳玉玟急得直掉淚，不斷抹去她脖子上那一雙看不見的隱形手，而鏡子裡的女人，則繼續扼住游淑桂的脖子，並且朝她笑了一下。

「放開她！放開她！」柳玉玟流著淚道。

「她」像是沒聽到，繼續微笑著，可以看到她手上的使力，然後，柳玉玟聽到「咔嚓」一聲斷裂的聲音——

游淑桂兩眼一翻，死了。

第三章　攻擊

看到母親死了，柳玉玟驚訝的說不出話來，她抖著身體，游淑桂的身體滑了下來，她抱都抱不住，兩個人跌坐在地上。

她俯下腰，趴在游淑桂的身上。

「媽，妳起來呀！媽！」她搖著她。

游淑桂沒有動靜，柳玉玟伸出雙手，不斷哭喊著：「媽，起來！起來！」母親就這樣死了？

鏡子裡的女人依舊微笑著。

柳玉玟淒厲的哭喊著，不斷捶打著游淑桂，仍沒有動靜，她倒在母親的屍體上，悲傷欲絕，大吼了起來：

「媽！媽——」

鏡子裡的女人，坐在游淑桂的身邊。柳玉玟在哭，而「她」在笑。

半晌，知道母親再也無法起來，柳玉玟淚流滿面，她坐了起來，看著鏡子裡的「她」，奔騰的情緒有了轉變，憤怒已經取代恐懼，她掄起拳頭，不斷朝鏡子拍打！

「妳到底是誰？妳到底想要做什麼？」

女人沒有回答，發出令人毛骨悚然的微笑，然後舉起了手，伸出手指，指向了她。

柳玉玟不懂她的意思，悲憤的喊著！

「妳到底要什麼？為什麼要這樣？」她不斷拍打著鏡子，拍打的相當用力，鏡面都破了，血從她手掌流出來。

「為什麼要這樣？為什麼要跟著我？」

女人笑得相當開懷，「她」越這樣，柳玉玟就越加憤怒，她用力敲打，整個鏡面四分五裂。鏡面裂得越多，「她」就越多，並且越笑越開心，和柳玉玟的悲傷成了強烈的對比。

「為什麼？為什麼？為什麼——」

※　※　※

第三章　攻擊

喔伊——喔伊——

柳玉玟跟著救護車抵達醫院，但母親已經死亡，她只是不想母親的遺體擺在家裡，而她不知所措。

醫院方面也依照程序，通知了警察。

在警察來之前，柳玉玟神魂飄蕩，整個人像個空殼子，她離開醫院，走在街上，夜晚的冷風讓她清醒了不少。

為什麼會發生這種事？為什麼？想到母親，柳玉玟又落下淚來。

行經簡餐店，由於窗戶擦得太乾淨，加上夜間行車的燈光，玻璃面反射出她的影子，雖然薄弱且稀微，但她看得出來，是那個女人！

悲傷、憤怒，令柳玉玟抓狂！再加上剛失去母親，她什麼都不顧了！她拍打著玻璃怒吼：

「出來！不要躲在那裡！出來！」

此時正是用餐時分，她的舉動令窗內的用餐客人嚇了一跳！

「出來！妳給我出來！」

老闆趕緊走過去，和客人交談了會，然後跑了出來。

「小姐，妳在做什麼？」

「我在叫她出來！」她的手指著玻璃。

「那邊並沒有人。」

「我不管！我要『她』出來！」

「小姐，請妳離開，不要在這裡妨礙我們做生意。」老闆的臉色越來越難看。

「我只要『她』！叫『她』出來！」她開始拍打著玻璃，老闆害怕玻璃被打壞，連忙將她推開。

簡餐店旁邊是藥妝店，玻璃同樣擦得光可鑑人，柳玉玟從玻璃的反射，隱約可以見到「她」正躲在裡面，也朝著藥妝店的玻璃拍打，憤怒的喊道：「有本事出來找我，不要躲在那裡！」

同樣的，藥妝業者被她嚇了一跳！店員趕緊出來。

「小姐，請妳離開。」

「我要找『她』！」她手指著裡面。

「誰？」

「『她』呀！」柳玉玟指著的方向，只是一堆藥品，店員的臉色難看，揮手趕她。

「去去去！不要在這裡亂！」

柳玉玟被趕到下一間店面，幾乎有玻璃的店家都遭到柳玉玟的騷擾，開始有人覺得不滿，怒吼：

「小姐，妳再不走的話，我們就要報警了喔！」

「抓我做什麼？你們要抓的是『她』！」她指著旁邊的店家玻璃。

「那裡哪有什麼？」已經有人忍不住了！

「你們都沒有看到嗎？你們看呀！快看呀！」那裡面的女人，不是長得和她不一樣嗎？但所有人的注意力都集中在她身上，鏡子裡的反射反而沒注意到。

「我已經報警了！」藥妝店的店員再也忍不住了。

「什麼？」柳玉玟錯愕了。

「妳不要走，警察馬上就來了。」

警察？警察來了有用嗎？警察來了，抓的只是她，而不是「她」，到時候她就沒辦法離開「她」了！為什麼「她」所做的一切，要由她來承受？柳玉玟連忙向後轉，然後逃跑！

「不要走！警察就要來了！」背後有人大喊！

「麥走！」

柳玉玟開始不安，她跑到大馬路上！

叭！

馬路上所有的車子都停了下來，有些駕駛從窗戶探出頭罵三字經，柳玉玟跑到對街，這裡是某間學校的圍牆，沒有玻璃、沒有鏡子，沒有反射，她看不到那個女人。

第三章　攻擊

柳玉玟忍不住蹲了下來，嚎啕大哭！

為什麼她會發生這種事？有人竊取她在鏡子裡的影像，殺死了她的母親，一切都是這該死的大衣害的！

大衣？

對了！她伸出雙手，顫抖看著身上這件大衣，像是想到了什麼。

所有的事情，都是在她買了這件大衣之後發生的。

這件大衣是從康意華的店裡買的，說不定她知道什麼。發生在她身上的事說來荒唐，但事到如今，她只能從源頭去找出癥結了。

想到這裡，她止住淚水，決定為游淑桂討個公道，她站起來，朝二手精品店而去。

第四章　女人

傍晚時分，正是東區最熱鬧的時候，許多人在附近下了班，或是晚上才出來逛街。能到這一區都是具有消費能力的族群，店家更是好好把握這時機。

康意華還另外請了兩個晚班的店員，幫她招呼客人，免得忙不過來。今晚生意極好，她笑臉盈盈，不斷忙進忙出，並在心中盤算今晚有多少進帳。

「康意華！」

有人在門口叫著她的名字，康意華認得出來，那是她的大戶，身上還穿著她賣出去的大衣，康意華連忙堆上笑容，朝門口走去。

「柳小姐？有什麼事嗎？這件衣服妳穿起來真好看。」

冷不妨的！柳玉玟的拳頭如雨點般落了下來，康意華嚇了一跳！

「哎喲！救命呀！救……」

「還叫！都是妳！都是妳！」柳玉玟相當憤恨，她邊哭邊襲擊，康意華只得反擊。

店裡的員工和客人見到這個狀況，都跑了出來。

「柳小姐，妳在做什麼？」康意華掙扎著大喊。

「妳還問我！妳好意思問我？」柳玉玟又哭又笑，她抓著身上的大衣，一雙眼睛瞪如銅鈴。「這件大衣，認得嗎？從妳店裡出來的 BURBERRY 大衣，妳忘記了嗎？」

康意華困惑了會，她對每件從她店裡出去的衣服，都有粗淺的印象，但這件衣服皺巴巴的，看起來就像下水洗壞的衣服，要再復原已是難事，她不禁蹙起眉頭來。

「柳小姐，如果是因為客戶清洗方式不當，造成衣服損傷，我們是不負責的。」康意華以為她來跟她要求賠償。

柳玉玟瞪著她，她以為她是為了這種小問題而來的嗎？

「負責？對，妳的確要負責，妳到底賣了什麼樣的衣服給我？竟然脫不下來？」柳玉玟硬扯羊毛，那有如以強力膠牢牢貼在她身上的大衣，還固執的不肯離去。

「什麼？」康意華聽不懂她的意思。

「我在妳店裡買了多少東西，為妳賺進多少錢，結果妳竟然賣了一件脫不掉的衣服給我？說！妳要怎麼賠我？」柳玉玟憤怒極了！

「不要開玩笑了！」康意華以為她在搗亂。

「妳想賴帳是不是？妳賣了這件不知道是什麼要東西的衣服給我？別想抵賴！」柳玉玟在門口大吼大叫！

「柳小姐，妳不要再鬧了！」康意華開始發火。

「誰在鬧？妳知不知道我遇到了什麼事？妳說我應該怎麼辦？妳說！妳說啊！」柳玉玟悲從中來，嚎啕大哭，她哭得哀哀切切，好不傷心，看到客人及來往的人都往她們看，怕損及商譽，康意華只好說道：

「有什麼事，我們進去再說吧！」

※　　※　　※

康意華將柳玉玟帶到店面後面的休息室，倒了杯茶水讓她鎮靜下來，為了自家商譽，康意華耐著性子跟她周旋。

「柳小姐，妳對我們的商品，有什麼不滿意？」

正在喝水的柳玉玟，將杯子放了下來，她瞪著她，眼中的怒火幾乎可以燒了這間店。

「妳知道妳賣的是什麼東西嗎？」柳玉玟咬牙切齒的道。

「我很清楚我賣的是什麼，本店販售的商品，雖然是二手貨，但絕對真品，毫無虛假……」

「誰在跟妳問這個？我在問妳知道妳賣的是什麼東西嗎？」柳玉玟打斷了她的話。

康意華挑高眉頭，不解的看著她。

「妳的意思是……？」

「這件衣服，到底是用什麼做的？為什麼脫不下來？瞧，妳看！」柳玉玟幾乎是用吼的，硬扯著大衣。

「柳小姐，妳這樣扯的話，衣服會壞掉的……」

「我就是要它壞掉！」柳玉玟喊了起來！「妳看，拿不下來，它黏住身體了，妳看！」她扯著脖子的部分，由於用力過甚，肌膚傳來疼痛！康意華終於看清發生什麼事，衣服的纖維和她的肌膚是相連的！就像大衣原本就是她身上的一部分？

「怎麼可能？」她驚呼起來。

「怎麼不可能？事情發生了，不是嗎？妳看我要怎麼脫？」她扯著袖口的地方，皮膚因為袖口的拉扯，而向上抬起。

「這是什麼？」康意華難以想像。

第四章　女人

「黏住了啊！拔不開啊！」柳玟哭喊道。

「怎麼可能？」康意華吃驚起來！

「怎麼不可能？妳看！」柳玟激動的道，她拿起桌上的美工刀，在康意華來不及驚呼的時候，美工刀已從袖口進去，想要割開衣服和身體，衣服是扯壞了，但同時也滲出血來！

「小心！」康意華連忙奪下美工刀，她不能讓她的店發生流血事件。

「看到了沒？脫不下來！」柳玟只能哭泣。

康意華連忙幫她止血，遲疑的道：「妳做了什麼事嗎？」

「我做了什麼事？妳以為我有那種閒功夫？用強力膠把它黏上去嗎？我一穿上它，就脫不下來了啊！」她哭著喊道。

「不可能有這種事的。」康意華臉色很難看。

「但是它發生了，它已經發生了！把它脫下來！我不要再穿了！把它脫下來！」柳玟氣惱的拍打著桌子，桌上的茶水濺了出來。

「或許我們可以尋求其他的解決之道……」

「妳以為我沒想過嗎？這件衣服，到底是什麼東西？它毀了我的人生！」柳玉玟嗚咽著。

康意華見她哭得淒慘，忍不住心軟了。「柳小姐……」

「妳要負責！」她抬起頭來。

「什麼？」康意華吃了一驚！

「妳必須幫我找出解決的方法。」

「柳小姐，妳不要鬧了！」衣服黏在身體上這件事已令人吃驚，她又叫她要負責，康意華不肯惹麻煩。

「我沒有在鬧，這衣服是從你們店裡出來的，現在我發生這種事，妳不用負責嗎？」柳玉玟大吼。

「柳小姐，妳如果執意搗亂的話，我就要報警了。」康意華正色的說，她已經惹得她不悅。

第四章　女人

「妳！」柳玉玟憤怒的瞪著她。都是康意華，害得她這麼淒慘，如今竟然想要報警抓她，雄雄的怒火在她心頭升起，她看著四周，冷不妨拿起桌子上的美工刀。

「妳！妳要做什麼？」康意華看到她手上的刀子，不禁嚇了一跳！

「把電話放下！」

康意華聽話的將話筒放下，一雙眼睛驚恐的看著她。

「妳……妳要做什麼？」

「是妳！都是妳把我害成這樣的！如果不是這件大衣的話，我根本不會這樣子，都是妳！」柳玉玟哭著喊道，高舉著美工刀的手，更加逼近康意華了。

「不要過來！」康意華尖叫著。

「如果不是妳賣我這件衣服的話，我就不會變成這樣子了。」柳玉玟已經豁出去了！

「拜託！不要！」康意華害怕刀子突然揮了過來。

「我會變成這樣，都是你害的！」

「柳小姐……」

「妳要幫我解決，要幫我把大衣脫掉。快點！妳給我想辦法！」柳玉玟尖聲說道，為了自身安全，康意華連忙說道：

「好、好，我幫妳想辦法，我幫妳。」

可是，她要怎麼幫呢？康意華一時無措，看著柳玉玟舉著亮晃晃的刀子，深怕傷害到自己，她靈光一閃！她所賣的衣服這麼多，每件都有記錄，或許可以追查出大衣的來源。

「我現在要查資料，妳不要亂動。」

「快點！」

「好、好。」康意華應付著，她坐了下來，打開電腦，等待主機啟動，出現畫面之後，她點開一個檔案，裡面是她進貨的紀錄。有系統的管理，是讓她的生意蒸蒸日上的原因之一。

第四章　女人

「啊！在這裡，找到了！」康意華看到上面的紀錄，指著裡面一項細目說道：「是一個叫劉慧恬的女孩子寄放在這裡的，她也寄放很多東西在這裡賣。」

聽到大衣跟劉慧恬有關，柳玉玟叱道：「帶我去找她！」

「可是……」見柳玉玟拿著美工刀在她面前揮過，康意華閉上眼睛，連忙道：「好、好，我帶妳去找她。」

「走！」

康意華無可奈何，事到如此，她只好跟著她離開。

兩個女人走出休息室，店裡的員工和還沒有離開的客人都望著她們，他們在外頭都聽到了裡面的爭執聲，而康意華為免受到影響，硬擠出笑聲，對她請來的員工吩咐：

「小梅、阿麗，妳們好好招呼客人，我有事出去一下。」

「康姊，你要去哪裡？」小梅疑惑的望著她。

「我很快就回來。」

柳玉玟緊挨著她，不讓其他人看到她拿刀威脅康意華，兩個人走到店外，康意華招了部計程車，兩個人坐了上去。

一路上，柳玉玟緊抓著康意華，不讓她有脫逃的機會，而康意華也無可奈何，只好帶她來到了劉慧恬的住所。

目的地到了，付了車資，兩人下了車，柳玉玟站在一棟普通的公寓前面，兩側騎樓停著不少摩托車。

「她住在六樓。」康意華說道。

「那就走啊！」柳玉玟催促著。

康意華無法，只好走了進去，這棟公寓是個老舊的公寓，連電梯都沒有，兩人靠著腳力，來到了六樓，找到正確的地址，柳玉玟對她使了眼色，示意她按電鈴，康意華伸出手指——

叮鈴！

「來了！」

第四章　女人

老舊公寓有兩道門，一層是大門，一層是鐵門，裡面的大門開了，露出一張娟秀的臉龐，門內的女人見到康意華時，叫了起來！

「啊！康小姐？」她把鐵門也打開了。

「劉小姐，不好意思，打擾了。」

「沒關係，妳怎麼會過來呢？」劉慧恬把門打開，同時也見到站在康意華身後的女人。

「不好意思，我有點事想請教妳。」康意華為難的道。

「有什麼事？都這麼晚了？」話雖如此說，劉慧恬仍然招呼著：「妳先進來坐吧！」

康意華瞄了柳玉玟一眼，走了進去。

柳玉玟看了一下四周，相當簡單的格局，三房兩廳，收拾得相當乾淨整齊。不過……似乎太過乾淨了？

她看到電視上面有個相框，照片裡兩個女孩子靠在一起，顯得十分親密。

其中一個是劉慧恬，另外一個……柳玉玟赫然發現——那是她在鏡子裡所看到的臉孔！就連左嘴角的痣也長在一樣的位置。

「這是誰？」她顫抖的拿起照片，臉色難看的問道。

「那是我姊姊。」劉慧恬回答著。

柳玉玟看著照片裡的劉慧貞，笑得好燦爛，她神采飛揚，像是陽光般的女孩，一定很吸引人；而旁邊的劉慧恬相較之下，就顯得溫婉多了。

「她人呢？」

「她死了。」

柳玉玟轉過頭來，難以置信。

「妳說什麼？」

「她已經死了。」劉慧恬感到奇怪，為什麼這個女人一來，就追問劉慧貞的事？雖然已經過了三個多月，她已經漸漸從喪失親人的傷痛中走出來，但這個女人的咄咄逼人，卻令人不舒服。

就連康意華也相當訝異，她沒想到一來就觸到人家的傷口。

「慧恬，抱歉，她不是故意的……」

「她怎麼死的？」柳玉玟繼續追問。

「妳們想做什麼？一直問我姊姊的事情？」劉慧恬開始不悅，並朝康意華瞪了一眼。

康意華見狀不對，趕緊緩頰：

「慧恬，抱歉，我們不是故意的，我們來這裡只是想問這件大衣的事情。」她指了指柳玉玟。

「大衣有什麼不對嗎？」劉慧恬注意到柳玉玟身上穿的衣服。

「這位是柳玉玟，她有點事情想請教妳。」康意華盡量以最平緩的語氣說，免得引起劉慧恬的不悅。

「大衣怎麼了？」

「大衣是妳的嗎？」柳玉玟問道。

「不，那是我姊姊的。」

柳玉玟抽了一口氣，轉向康意華怒斥，尖聲起來！

「妳！妳竟然賣給我死人的衣服？」

康意華見狀不對，深怕她會有抓狂的舉動，趕緊將茅頭指向劉慧恬，罵起她來：

「妳來賣這些東西的時候，怎麼沒有說？」

「我只是要賣東西而已，需要解釋這麼多嗎？何況我拿過去的東西，慧貞並沒有穿過。」劉慧恬為自己辯解。

「妳說她沒穿過，她就真的沒穿過嗎？」柳玉玟生起氣來。

「當然，那件大衣她拿回來的時候，才從袋子裡剛拿出來，然後就掛在衣櫃裡，她有沒有穿出去，我當然知道。」

「妳賣東西沒有關係，為什麼要賣這件大衣？」柳玉玟氣憤的喊著！

「大衣怎麼了嗎？」

「脫不掉！妳看！脫不掉！」柳玉玟想要把大衣扯下，但同樣的狀況再度發生。衣服的纖維緊緊抓著她的肌膚不放。明明扣子已經解開，它還和裡面的衣服黏在她身上。

「妳在說什麼？」劉慧恬不懂她的話。

「把妳姊姊的大衣脫掉，我要還她！把它脫掉！」柳玉玟不斷拉著袖口，想要將大衣脫下，但大衣仍牢牢在她身上，劉慧恬見她不像在演戲，疑惑的上前拉扯大衣，大衣就像黏了強力膠，一寸都沒有移動。

「這是怎麼回事？」她驚訝起來。

「脫不掉啊！我買一件脫不掉的大衣做什麼？大衣是妳姊姊的，妳叫她把衣服脫下來好不好？」

「我聽不懂妳在講什麼？」劉慧恬覺得她是來搗亂的。

「我看到妳姊姊了！她在我身邊！」此話一出！兩個人都嚇了一大跳！劉慧貞不是死了嗎？柳玉玟怎麼會看到她？

「妳在胡說什麼?」劉慧恬怒斥。

「她還殺死我母親，現在又跟著我，我不知道她想要做什麼?叫她離開!」

柳玉玟淚水流了下來，想要將衣服拔起來，然而大衣已和她融為一體，她越想越憤怒，大叫起來：

「快點想辦法呀!」

「想什麼辦法?」劉慧恬至今仍感驚疑。

「這件衣服脫不下來，妳叫我怎麼生活?都是妳們!」

「妳在做什麼?為什麼帶這個女人過來?」劉慧恬也生起氣來，她覺得她們兩個是來找麻煩的，她怒罵康意華，康意華相當無辜。

「我……」

「都是妳們!都是妳們!為什麼要賣我這件大衣?為什麼?」柳玉玟揮舞著手上的美工刀，看到她帶著武器，劉慧恬嚇了一跳!

「啊!」

「要不是妳拿這件大衣去賣，我怎麼會變成這樣子？」遇到這麼多事，游淑桂又死了，這些壓力讓柳玉玟抓狂了，她拿著刀子衝上去！

康意華想逃跑，偏偏柳玉玟擋住大門，讓她們出不去！

「不要過來！」劉慧恬不斷向後退，康意華逃不出去，便拚命躲在她的後面。

「柳小姐，拜託妳，不要這樣子！」

「如果妳們不把它脫掉的話，就別想走！」

「妳都脫不掉了！我們怎麼幫妳脫？」康意華躲在劉慧恬後面哭喊，覺得自己惹了個大麻煩！

「不管！妳們就是要想辦法，不管怎麼樣，妳們都要——啊！」柳玉玟突然叫了起來，哭聲淒厲，手中的美工刀也掉了下來。

康意華和劉慧恬兩人錯愕的望著她，只見她不斷的喊著：

「好燙！好燙！快點救我！好燙！」

燙？哪裡燙？劉慧恬和康意華兩人面面相覷，不知道發生了什麼事。

「好燙！救救我！救我！」她不斷在屋內跑來跑去，一下撞到牆壁，一下撞到桌子，最後竟然跌在地上，抓著衣服滾來滾去，不停的哭喊。她的身體在燒，整個人好熱，就像有人拿火燒她。

「怎麼回事？」劉慧恬發問。

「我……我不知道。」康意華也傻嚇了。

「救我——啊！」柳玉玟全身炙熱難忍，像有人把她關在烙紅的熱鐵裡，全身快要燒起來了！

劉慧恬不知道該怎麼辦，雖然這女人到她家，甚至拿出美工刀來，但她面冷心熱，聽她痛苦大叫，她一咬牙，跑到浴室，拎起一桶水，往她的頭上倒去！

刷！

第五章　男人

熱火遇上冷水，柳玉玟身上的高溫迅速降了下來！同樣的，她也逐漸冷靜下來。

雖然還有熱度，但相較先前那般炙人，算是可以忍受的程度。柳玉玟看著渾身濕透的自己，大衣依舊緊附在她身上，想到母親，忍不住悲從中來，痛哭失聲！

「嗚……嗚嗚……」

見她哭得悲切，劉慧恬於心不忍，她忘了先前柳玉玟還拿著刀子威脅，她站到她面前蹲了下來。

「到底怎麼回事？」

「衣服……我一穿上衣服，就脫不下來，照鏡子的時候，還一直看到妳姊姊，我是說真的！」怕人家不相信她，柳玉玟加強語氣。「不管是在公司，還是在家的時候，就一直看到她！」

「怎麼可能？」劉慧恬驚呼起來。

「是真的，我媽媽也被她殺死了。」柳玉玟坐在地上，只能將事情簡述。

劉慧恬聽到自己拿去賣的大衣有問題，但仍不敢置信。要不是大衣內襯和她的皮膚真的黏在一起，她會覺得這個女人在說謊。

「不可能……我姊姊怎麼可能會害人？」她搖著頭。

「是真的，我母親死了，我看到了，她伸出手，朝她的脖子……」想到那一幕，當時的她只能看著母親死去，什麼也做不了，柳玉玟就深感懊悔，淚水湧出。「我想把大衣脫下來，我想回到我的生活，我想要我媽！」

劉慧恬很同情她，但卻無從下手。

「我不知道姊姊的大衣會這樣，我想說這件大衣她沒穿過，狀況很好才會拿去賣。至於妳說我姊姊會害人，那是不可能的！」那是跟她一起成長的姊姊呀！

雖然生前任性了些，但是說她會害人？劉慧恬很難相信。

「我媽死了……」

劉慧恬啞口無言。

砰！房間傳出重物擊地的聲音！三個人都嚇了一跳！尤其是劉慧恬，她知道這間屋子裡，人都在客廳裡，而房間竟然會有其他聲音？

「什麼聲音？」康意華失聲叫道。

「我不知道，聲音是從……姊姊以前的房間傳來的。」

聽到劉慧貞，柳玉玟的臉色一變，她覺得所有事都跟劉慧貞有關係。如今從劉慧貞的房間又傳出聲音，有什麼含義嗎？

事已至此，也沒有退路了，如果她想恢復原來的生活，就必須繼續走下去。思及至此，她站了起來。

「可以進去看看嗎？」

劉慧恬正猶豫著要不要一探究竟，聽到柳玉玟這麼說，連忙點頭。

「好啊！」

「等一下，妳們要去哪裡？」康意華恐懼的抓著她們。

「去房間看狀況啊！」

「可是……」

「妳如果不要進來的話，可以在客廳。」劉慧恬才剛說完，康意華被恐懼打敗，馬上緊抓著她們。

「我跟妳們一起過去。」

三個女人挨在一起，朝著發出聲音的房間走去，不過短短幾步的距離，卻像走在鋼絲上，稍一不慎，就會失去平衡。

走到門口，劉慧恬還在猶豫的時候，柳玉玟將門打開了。

是個很簡單的房間，東西都擺設的相當整潔。門的左側有個連身鏡，鏡子的旁邊是個衣櫥，衣櫥的正前方才是床，而進門的正前方則是個五斗櫃。並沒有什麼異狀，也沒有東西倒下，那剛才是什麼聲音？錯覺嗎？

第五章　男人

柳玉玟鬆了口氣，她走了進去。

「這就是妳姊姊的房間？」康意華問道。

「對。」

柳玉玟迅速瀏覽一下，並未有異狀，直到她看到鏡子裡的影像，喉頭上下動了動，一時無法反應。

一般來說，鏡子裡的影像，都會隨著人擺動而有所動作，但從她進到房間，已經走了好幾步，鏡子裡奪了她影像的那個女人，正坐在梳妝檯上，靜靜的梳著頭髮。

她轉過頭來，看到她們看到了她，彷彿她是這個房間的女主人，輕輕的笑了一下。

咚！

柳玉玟和劉慧恬轉過頭一看，康意華已經暈過去了。

如果可以的話，她們也想暈倒，但為什麼還醒著？劉慧恬上下唇直打顫，她可以看到自己、躺在地上的康意華，還有劉慧貞的反射，然而，卻看不到柳玉玟的影像。她進來房間這麼多次，從來沒有看過這個異象。

「姊……姊姊？」

※　　※　　※

就在這時候，鏡子裡的劉慧貞動了，她站了起來，朝著鏡子裡櫃子的方向走去。

柳玉玟不由得把頭往房間的櫃子方向轉過去，那裡面有什麼嗎？都已經走到這個地步了，現在無論發生什麼事，她都得面對。深吸一口氣，柳玉玟走到櫃子邊，鼓起勇氣，閉上眼睛，然後將衣櫃打開！

她張開眼睛，裡面空蕩蕩的，什麼也沒有。劉慧恬說過了，在劉慧貞死後，她就將她的東西拿去寄賣，加上人死去了，衣櫥也被清空了，所以裡面空空如也，也是正常的。

只是劉慧貞，為什麼走向這個櫃子呢？

第五章　男人

柳玉玟左看右看，將櫃子裡的抽屜打開，拉到最後一個抽屜時，有張照片背向上，她拿起來一看。

那是劉慧貞挽著一個男人的照片，男人斯文清秀，白面書生，眼睛像是在放電，很是討喜，是女人都會對他有好感的那一型。而劉慧貞也不遑多讓，兩人郎才女貌，劉慧貞偎在他的身邊，滿臉幸福。

「這是誰？」

「我不知道。」劉慧恬驚訝的道。她打開衣櫥這麼多次，從來沒有看過這張照片，這是從哪裡來的？

「是妳姊姊的男朋友嗎？」柳玉玟問道。

「我不曉得，姊姊她從來沒有提過。」

雖然覺得詭異莫名，然而整個衣櫥除了這張照片外，其他都已經清空，難道劉慧貞想要提示什麼嗎？

「可以把這個男人查出來嗎？」

「我不清楚。」今天遇到的狀況，已經把她嚇壞了。

「妳姊姊以前有沒有其他朋友或同事，可以去問一下？把這個男人找出來？」柳玉玟恢復思緒。

「我……」

「拜託！這對我很重要。要不然這件衣服可能永遠沒辦法脫下來了。」柳玉玟懇切的道，看她如此哀求，劉慧恬也無法拒絕。

「好吧！可是要怎麼找？」

「妳想想看妳姊姊有沒比較親近的朋友？或許有人認識他。」

劉慧恬咬著指甲，雖然這一切讓她感到恐懼，但這關係到姊姊，她也無法置之不理。何況整件事說起來跟她也有關係，她無法卸責。只能不斷動腦筋，然後說道：

「不知道，不過姊姊生前跟錢姊走很近，或許她可以知道他是誰？」劉慧恬看著照片中的男人。

第五章　男人

「錢姊？」

「她是姊姊的朋友，叫做錢兆潔，她們在同一間公司上班。」

「那我們就去找她。」柳玉玟迫不及待。

「嗯。那她怎麼辦？」劉慧恬指了指躺在地上的康意華。

柳玉文思索了會，說道：

「劉慧貞跟的是我，她不會有事的。」

她們將康意華移到床上，並幫她蓋上被子，兩人出了屋子，劉慧恬帶著柳玉玟坐著計程車，來到了錢兆潔的家中。

在路上，劉慧恬已經跟錢兆潔通過電話，表示會過去找她，錢兆潔也沒有反對。

到了錢兆潔家時，錢兆潔親自開門迎接。

「錢姊，不好意思，這麼晚了還打擾妳。」劉慧恬打著招呼。

「沒關係。」既然都是女孩子，錢兆潔也不介意，穿著睡衣走來走去。「你們自己坐，別客氣，慧恬，你招呼一下客人，我吹個頭髮。」錢兆潔拿著梳子，把剛吹好的頭髮整理一下。

柳玉玟坐了下來，看著錢兆潔的套房，起碼有二十幾坪，在寸土寸金的臺北，肯定價格不斐。

「是什麼事非得現在說？還非得當面談？」都已經十點多了，劉慧恬還跑來找她，肯定是大事。

「嗯，我想問妳知不知道這個人？」劉慧恬拿出照片。

「這不是黃定維嗎？」錢兆潔將照片接了過去，臉色微微一怔，皺了皺眉頭。

「妳認識他？」

「妳怎麼會有他的照片？」

「我是在姊姊的衣櫃裡找到的。」劉慧恬避開重點，總不好說劉慧貞告訴她的。

第五章　男人

「這樣啊！」錢兆潔交叉著雙腿，像在沉思，劉慧恬見她似乎知道什麼，連忙追問：

「錢姊，麻煩妳告訴我，這個黃定維和姊姊，到底是什麼關係？」

錢兆潔盯著劉慧恬，拿出菸來，菸味瀰漫在這套房裡，她是套房的主人，做什麼由她高興。

「他是妳姊姊的朋友，妳怎麼會突然問起他？還特地跑過來？」更不用說劉慧貞都已經死好幾個月了。

「我覺得他對我姊姊一定有什麼意義。」要不然她把劉慧貞的房間清掃那麼多次，怎麼沒有發現照片？反而是劉慧貞告訴她的。

「也許吧！」

「他是她男朋友嗎？」柳玉玟發問了。

錢兆潔突然一愣，斂下眼眸，隨即恢復正常，淡淡的道：「聽說他們有交往過，詳細情況我不清楚。」

「那姊姊的喪禮，他怎麼沒來？」

「我也不曉得，他出國後，就再也沒有聽到他的消息了。」

「妳有他的連絡電話嗎？」

「妳要找他？」

「既然他是姊姊的朋友，有些事情，我想找他談一下。」雖然她也不知道能談出什麼來？

「妳等一下。」錢兆潔走到書櫃旁邊，在裡面東翻西找，她把雜誌拿到一邊，再把小說拿起來，把她擺在櫃子上的鏡子移開，看她有沒有把黃定維的名片放到後面。

咦？鏡子裡的是……錢兆潔不確定自己是不是眼花？她從眼角看到小鏡子當中，坐在劉慧恬身邊的那個人好眼熟？

那是……劉慧貞？

她渾身顫抖，止不住的恐懼湧了上來，她開始後悔她穿太單薄，應該再多

第五章　男人

穿件衣服的。而且鏡子裡的劉慧貞從椅子上站了起來，朝她走了過來。

她轉過頭，向她走過來的，是柳玉玟。

「找到了嗎？」柳玉玟見她找得有點久，有些不耐煩的站起來詢問。

她睜大了眼睛！

「走開！」

「什麼？」

當柳玉玟發現錢兆潔手裡拿著小鏡子時，就知道發生什麼事了！她趕緊避開，不讓影像再落入鏡內，未料錢兆潔突然瘋狂起來，她不斷的大叫起來！並且拿起一旁的雨傘，朝她們打來！

「出去！給我出去！」

「錢姊？」

「出去！」錢兆潔眼睛發紅，不斷揮舞著手中的武器，劉慧恬和柳玉玟驚叫一聲！為避免遭到攻擊，兩人連忙往外跑，錢兆潔也跟了上來。

「錢姊！不要這樣！」

「啊！」當她們跑到屋外時，還聽到錢兆潔大叫一聲並將雨傘往外一丟，然後門就砰的一聲關了起來。

「這是怎麼回事？」劉慧恬不明白為什麼錢兆潔突然激動起來。

「我拿到名片了。」柳玉玟沒有解釋，她拿起手中的名片，這是剛才錢兆潔沒有拿穩，掉到地上的。看著上面的名字跟電話，她將名片塞給劉慧恬，說道：

「快點！打電話給他！」

「打給誰？」

「黃定維呀！妳姊姊的男朋友！」

「我不知道……我跟他又不認識。」劉慧恬不知道要怎麼開口。

「妳跟他不認識，不過妳姊姊跟他認識，妳以劉慧貞妹妹的身分打電話給他，他應該不會拒絕的。妳也看到了，妳姊姊指著衣櫃，讓我們找到這張照

第五章　男人

片，一定有什麼原因。」

「真的要打嗎？」

「快！」柳玉玟催促著，劉慧恬遲疑了會，拿起手機，看著名片，她吸了一口氣，撥了黃定維的電話號碼。

半晌，電話接通了。

「喂？請問是黃定維嗎？我……我是劉慧貞的妹妹，是的，我真的是，我有點事想找你，你方便出來嗎？好的好的，我知道那裡，那我們等一下見。」

「怎麼樣？」

「好了，他說他馬上出來。」

「他願意見面？」柳玉玟愣了一下，她以為會遭到拒絕。姑且不講別的，光一個陌生人要求他半夜出來，他就可以拒絕了。

「是啊！他要我們到一間豆漿店，那裡營業到很晚，還可以談話。」劉慧恬站了起來。

「那我們走吧！」

※　　※　　※

柳玉玟和劉慧恬坐在跟黃定維約好的早餐店裡，這裡是二十四小時營業的，不論何時都可以吃到燒餅或豆漿，在臺北極富名氣，也讓他們有地方可以碰面。

在黃定維還沒來之前，兩個人聊了起來，柳玉玟得知她們父母早逝，只剩姊妹兩人相依為命，但那對她所發生的事情並沒有幫助。

分針走向約定好的時間，柳玉玟看到對面有個男人，正朝這裡走過來，那相貌是照片裡的男人，也就是黃定維。他一進店門，表情顯得疑惑，而劉慧恬朝他伸手打了招呼，他走了過來。

「黃定維？」。

「我是。妳是？」黃定維盯著眼前的女人，他不確定他認識她。

「我是劉慧貞的妹妹。這麼晚打電話找你出來，很抱歉，我們有點事情想要找你。」

第五章　男人

「找我有什麼事嗎？」

劉慧恬不知道該怎麼開口，在一旁的柳玉玟直接開口：「劉慧貞在三個月前，已經去世了。」

黃定維一臉錯愕。

「怎麼會？怎麼可能？」他大喊起來！

「是真的！這種事怎麼騙人？」劉慧恬沉重的道。

「可是……怎麼會？」黃定維眼眶泛紅，隱隱閃著淚光，可見他的心裡正忍受著極大痛楚。

「黃先生，你跟我姊姊是什麼時候交往的？」劉慧恬提出疑問。

「我跟她在一起沒多久，她就沒了消息。」

「她為什麼沒有跟我說？」她不曉得姊姊有祕密。

「我想，她是想等到我們感情穩定時再說吧！只是誰知道……」黃定維哽咽道，這回答讓劉慧恬舒坦了些。

「你為什麼不知道劉慧貞死了？」柳玟問道。

「差不多三個月前，我到國外出差，回來後就再也沒她的消息。如果知道會發生這種事，我就不該出國。」聽到劉慧貞的死訊，對黃定維打擊很大。

「對了，劉慧貞是怎麼死亡的？」柳玟一直沒機會問劉慧恬這件事情。

「是被燒死的。」

「啊？」兩個人都嚇了一跳！

「警察說她是被迷昏後裝在塑膠袋裡燒死的……」劉慧恬越講越難過，她閉上了眼睛。「警察是靠我送她的戒指，加上DNA鑑定才確認她的身分。」

「那兇手呢？」

「不知道，還沒抓到。」

「那她為什麼要找上我？兇手還沒抓到就應該去找警察啊！為什麼來找我？只因為我穿了她的衣服嗎？」柳玟生起氣來，扯著身上的大衣。

第五章　男人

「妳不要這樣說……」聽到她這樣說姊姊，劉慧恬有點難過。

「她毀了我的生活，破壞我的人生，她害慘了我。」

劉慧恬被她說得面紅耳赤，彷彿被指責的人是她。

「妳穿的是慧貞的衣服？」聽到這裡，黃定維忍不住發言，他看著柳玉玟身上的大衣。

「對。」

「那是我送她的。」

「啊？」兩個女人都看著他。

「那是她生日的時候，我送她的，怎麼會在妳身上？」黃定維看著柳玉玟，不明白怎麼回事。

柳玉玟看著他，睜大了眼睛。「這件大衣，是你送給劉慧貞的？」

「對。」

「你為什麼要送她這件大衣？」

「怎麼了嗎?」

「脫不開呀!你看!」黃定維看到了大衣和她的皮膚黏在一起,不由得錯愕了。

「這是怎麼回事?」

「問你呀!為什麼要送這件大衣給她?我被你害慘了!」想到事情的源頭是他,柳玉玟就感到憤怒!身體也開始發熱,心浮氣躁!

「這只是件普通的大衣……」

「普通?普通的大衣會這樣?我一穿上去就脫不下來,還遇到一大堆怪事,你竟然說它只是件普通的大衣?那你來啊!幫我脫衣服啊!」身體的燥熱讓柳玉玟難受,她撲上前,抓住了黃定維,黃定維嚇了一跳!抓住她的手臂。

「小姐,請妳鎮定一點!」

「鎮定?我已經很鎮定了,我只是想把衣服脫下來而已。」柳玉玟感到怒火旺盛,整個身體都在熱。

第五章　男人

「妳可以脫……」

「脫?怎麼脫?你告訴我，怎麼脫?快點!幫我脫!脫呀!啊——」柳玉玟忽然叫起來!店裡所有的人都往她這邊瞧。

「好燙!好燙!」她跳了起來!

「柳玉玟?」劉慧恬驚愕的看著她。

「不要再找我了!好燙!」是劉慧貞!一定是她!她一直在她身邊，她還不肯放過她!為什麼要找她?為什麼?

柳玉玟又叫又跳!渾身無一不發燙!她在店裡橫衝直撞，還好半夜客人不多，但已經嚇壞現場的人了。

「發生什麼事?」黃定維目瞪口呆。

「不要!不要再找我了!走開!走開!」柳玉玟雙手揮舞，但黃定維並沒看到任何東西，反倒是老闆被她嚇壞了!

劉慧恬看到這個狀況，想到她在家裡也發生這種狀況，連忙:

「黃定維，快點帶她去廁所。」

「什麼？」

「快！」

黃定維抱住了她，柳玉玟想要掙脫這炙人的火焰，沒想到更龐大的火焰朝她撲了過來，她快燒化了。

「啊！」

黃定維抓住了她，到了後面的廁所，這間店原本是由住家改建，將一樓的浴室改成客人使用的廁所，劉慧恬見到一旁有蓮蓬頭，毫不遲疑，打開水龍頭就往柳玉玟身上沖。

當水淋下去的那一剎那，劉慧恬不確定是自己錯覺，還是真的有煙霧飄了起來，空氣中甚至聞到燒焦的味道。

柳玉玟全身濕淋淋的哭泣起來。

為什麼她要遇到這種事？為什麼她要被死鬼纏身？為什麼她不去找別人？

第五章　男人

她不該買那件大衣。

「定維……抱我……」柳玉玟嗚咽起來。

黃定維愣了一下。

「抱我。」柳玉玟靠在他的身上，那姿態就如同每次劉慧貞撒嬌時，喜歡用頭輕輕在他胸膛磨蹭，黃定維一時錯亂，脫口而出：

「慧貞？」

劉慧恬大吃一驚！

黃定維抱著柳玉玟，任憑她在他懷裡哭泣，他方寸大亂，眼前這個女人，到底是誰？

第六章　慧貞

「這到底是怎麼回事？」黃定維將柳玉玟放在沙發上，轉身問劉慧恬。

剛才柳玉玟在店裡的行為嚇壞不少人，最後又暈了過去，無可奈何之下，黃定維只好先將她帶回家。

「我也不知道。」劉慧恬覺得今天發生太多事情，讓她大受衝擊。

「怎麼會這樣？我才出國一趟，就發生這麼多事？為什麼沒有人告訴我這些？」

劉慧恬無法回答，只好問道：

「你跟我姊姊是怎麼認識的？」

「我跟她是工作認識的，她沒跟妳提過嗎？」

「沒有。」

「慧貞也真是的。」黃定維坐了下來，望著柳玉玟穿在身上的大衣，想到已經死去的劉慧貞，不禁感到悲愴：

「我只不過去大陸一趟，她竟然就走了？離去之前，我要她等我，我會回來找她，我還跟她說因為我沒辦法陪在她身邊，所以買這件大衣，就像我陪在她身邊，想我的時候，可以把它穿上，就像是我抱著她一樣……」他將臉埋在雙掌之中。

劉慧恬不知道劉慧貞有這麼個痴心的男朋友，如果姊姊還在的話，一定很幸福。

「姊姊她……從來沒有提過你，如果那一天，她不要出去就好了。」

「到底發生什麼事？」

「我也不清楚，那天，姊姊執意要出去，我問她要去哪裡？她也沒說，只是說要出去玩，沒想到再也回不來了。」

「兇手是誰？」

「不曉得，警方研判可能是兇手臨時起意，搶走姊姊身上的財物，然後帶到山上毀屍滅跡。」

「真可惡！如果讓我抓到兇手的話，一定讓他不得好死！」黃定維下定決心。

「姊姊知道你對她這麼有心，一定很高興。」劉慧恬哽咽的道。

「慧貞……」黃定維將頭埋在手掌，悲切的喊著她的名字，他的聲音迴盪在空中。

「定維，我在這裡。」

誰？慧貞嗎？黃定維錯愕的抬起頭來，抹了抹臉，努力看清眼前的景象。映入他眼簾的是那個穿著慧貞大衣的女子，正笑臉吟吟的看著他。

「誰？」他愣住了。

只見柳玉玟坐了起來，伸了個懶腰，像是剛睡飽似的。

第六章　慧貞

「定維，你去好久喔！總算回來了。」她慵懶的語調，就像是個情人剛離開身邊的小女人，對著黃定維撒嬌。

黃定維錯愕的看著她，瞠目結舌，就連劉慧恬也感到詫異。

柳玉玟望著他們，嫣然一笑。

「你們怎麼了？幹嘛那種表情看著我？」柳玉玟站了起來，熟門熟路，走到鞋櫃旁，取出一雙女用室內鞋子穿了起來。

兩人錯愕的望著她，僵硬著身體不敢動。

「哎呀！這個盆栽枯死了耶！定維，你都沒有好好照顧，你看，沒有水，它都死了啦！」柳玉玟走到陽臺邊，拿起一盆嬌小的七里香，裡面的植物是乾枯的。

她放下盆栽，打開窗戶，夜裡的涼風吹了進來，柳玉玟雙手撐住身體，往外面看。

「妳……妳到底是誰？」黃定維找回了自己的聲音，他站了起來，而劉慧恬則驚懼的看著柳玉玟。

柳玉玟關上窗戶，側過頭來，一雙眼神嫵媚非常，她望著眼前的一對男女，嬌俏的道：

「我？定維，你怎麼問這種問題？我是慧貞呀！」

※　※　※

慧……慧貞？

就像是蛆蟲爬上了身體似的，瞬間蜂擁而上，又懼又麻，劉慧恬不由得朝目前唯一能給她安全感的黃定維身邊挨近，至少在這種狀況，已經顧不得男女授受不親了。

柳玉玟走了過來，抓住了黃定維的手，黃定維驚愕的望著她，不確定的詢問：

「妳到底是誰？」

「定維，是我啊！你忘了我嗎？我是慧貞呀！」她緊緊抓著黃定維的雙手。

第六章　慧貞

「慧……慧貞？」黃定維不知道該不該將她的手推開？

「對，我是慧貞，我回來了，我回來找你了。」柳玉玟……不，是劉慧貞將身體靠在黃定維的身前，將頭靠在他的胸前，輕輕的磨蹭，如果是三個月前，他非常享受這份親暱，但現在……

黃定維將劉慧貞輕輕推開，往後退了一步。

遭到拒絕的劉慧貞相當不滿，委屈抗議：「定維，你怎麼了？我是慧貞呀！」

「妳們在開什麼玩笑？」黃定維望著劉慧恬，頗為惱怒。

「不，我們沒有開玩笑。」劉慧恬強烈否認，她望著有著柳玉玟形貌的女人，遲疑的吐出：「姊、姊姊？妳是姊姊？」

劉慧貞睨了她一眼。

「恬恬，怎麼了？」

「妳不是……妳不是……」劉慧恬心中的猜疑得到了證實，她更感恐懼。

「不是怎麼樣?」

「妳不是已經……」劉慧恬不知道該怎麼問，反倒是劉慧貞落落大方，坦率說道：

「不是已經死了，怎麼還在這裡是嗎?我回來找你們了。」劉慧貞眉開眼笑。

劉慧恬的臉色相當難看，黃定維也好不到哪裡去，臉色土灰，他推開劉慧貞，指著她的鼻子大罵：

「胡說八道!妳們這兩個女人，到底想要做什麼?」

整件事會不會是惡作劇?剛開始是這名自稱是劉慧貞妹妹的女子出現，說劉慧貞已經死亡，現在另外一個女人又說她是劉慧貞，她們到底想要做什麼?

「她真的是姊姊，只有姊姊才會那樣叫我。」劉慧恬臉色難看到極點。

「妳們再鬧的話，我就要請妳們出去了!竟然拿慧貞的死來開玩笑，太過分了!」

「定維，我不是說過了，我是慧貞啊!」劉慧貞又想上去握他的手，被黃定

第六章　慧貞

維揮開。

「妳怎麼可能是慧貞?不要碰我!走開!」

劉慧貞神色一變，臉色忽青忽白。

「定維，你是什麼意思?」

「妳不是慧貞，妳不是!」她只是另外一個女人!

「定維，你不是說過，不論我變成什麼樣子，都會愛我的嗎?」劉慧貞仰頭看他。

「我不知道妳們想做什麼?竟然利用慧貞來騙我?妳們到底想要什麼?」他覺得他遇上了詐騙集團。

「定維，我就在你眼前呀!」劉慧貞癡癡的望著他，對黃定維來說，那只是柳玉玟的形貌。

「妳不是!」他相當篤定。

劉慧貞臉色一變，眼神也銳利起來，明明窗戶關了起來，空氣卻降溫下來，她的頭髮卻在空中飛揚。

「黃、定、維，你竟然忘了我？」

看到這個異象，黃定維怔住了。劉慧恬嚇得哭了起來，她大叫著：「姊姊，妳到底要做什麼？」

「做什麼？我想盡辦法回來，就是為了回到他身邊，他竟然忘了我？」劉慧貞咬牙切齒！不滿的道：

「我在等啊！我一直等他回來，他說過了，不管我怎麼樣，他都會陪在我身邊，結果他竟然忘了我？」

看到劉慧貞臉色呈不正常的青色，眼珠子也在發光，劉慧貞的腳根本沒有行走，腳下卻像有輪子似的，整個人向他移動，渾身氣勢駭人！這下黃定維忍不住叫了起來！

「有鬼啊！」

空氣突然降至冰點，劉慧恬渾身發冷，黃定維已經顧不得男人的尊嚴，捂著臉哭了起來。

「不要！不要過來！」

見到黃定維如此嫌棄她，劉慧貞的喉嚨深處發出悲號，又尖又細，那不是人可以發出的聲音，尖銳的高音刺得兩人的耳膜發疼。

劉慧恬連忙摀住耳朵，邊哭邊叫：

「姊姊！不要這樣！姊姊！」

「你們竟然如此對我？」劉慧貞眼神變得凌厲，劉慧恬哭喊著：

「姊姊，妳已經死了呀！」

「定維，你忘了我嗎？」劉慧貞伸出手，還沒有碰到他，黃定維如同被蠍子螫到，跳了起來！

「不要過來！」黃定維駭然的叫道。

「定維……」

她的身體繼續移動，朝他走了過來，而此時房子的燈光都起了變化，日光燈忽明忽滅，空氣也變冷起來！就算黃定維還有殘存的疑慮，見到這種異象也全都拋開了！他現在相信，站在他面前的是劉慧貞的鬼魂！

「哇呀呀！不要過來！」

劉慧貞移動，黃定維拚命往後退，劉慧恬也嚇得直流眼淚，兩人往門口竄逃。

兩人越慌張，大門越打不開，他們拚命扭動門把，還是轉不開！

黃定維感到惶恐，驀地，劉慧貞自身後環抱住他，黃定維不斷掙扎，想將她推開，劉慧貞卻像八爪章魚似的，緊緊攀著他不放。

「你不是說，因為你無法陪在我身邊，天氣又這麼冷，所以買了這件大衣給我，穿著它，就像你抱著我一樣，給我溫暖。」

「放開我！」黃定維將她推開。

「你抱著我，我也要抱著你！」劉慧貞的力氣驚人，她不停的抱著黃定維的腰，就像要將它硬生生的擠斷！而且她渾身發燙，就像火圈箝住他，黃定維感到他的腰部滾燙，就要燒起來了！

匡啷！

「啊！」突然他的身體一鬆，黃定維轉頭一看，只見劉慧貞吃痛大叫！跌倒在地，而手上拿著花瓶的劉慧恬，看到自己打人了，不禁充滿恐懼。

太好了！黃定維趕緊跑了出去！劉慧恬也跟了出去！

※　　※　　※

黃定維不斷往前跑，劉慧恬則跟在他身後。見她一直在他身後，黃定維忍不住惱怒！轉身大吼：

「妳幹嘛一直跟在我身邊？」

「我……」

「走開！」

劉慧恬不知道能夠去哪。在看到了劉慧貞的鬼魂之後，她非但沒有感到親切，反而感到恐懼，這時候她必須找個人陪伴。就算黃定維再兇，也比跟鬼在一起來得好。

想到那個鬼是劉慧恬帶來的，這時候她又緊跟著他，黃定維忍不住轉身怒吼！

「妳給我滾……」

一句話講不完全，卡在喉嚨不上不下，劉慧恬訝異他的反應，他不是要罵她嗎？為什麼突然停下來？

但見這時候黃定維臉色發白，直盯著她的身後瞧，劉慧恬也往後面看！

一個身穿白衣，長髮披肩的女子，朝他們的方向走了過來，劉慧恬連忙把頭轉過來，奔向黃定維！不論他打她、罵她都沒關係了，至少他是人，是個活生生的人，她向他撲了過去！

「不要過來！走開！」黃定維推開她。

「不要！」

正當兩人拉拉扯扯之際，那名白衣女子已經走了過來，好奇的睨了他們一眼，隨即又往前走，兩人才發現，那只是一個穿著和劉慧貞一樣的 BURBERRY 大衣女子。

虛驚一場！兩人鬆了口氣，黃定維將她放開！此刻劉慧恬也尷尬的鬆手。

「妳到底想要做什麼？」黃定維惱怒著。

「我……」

「妳把人帶來，現在她在我家，妳說，我怎麼回去？」黃定維相當憤怒，他的房子被鬼占據，背後又有人跟著，口氣不是很好，也難怪他抓狂了！

面對他的指責，劉慧恬只能道歉：「對不起，我不是故意的，我也不知道姊姊會在那個女人的身上，對不起。」

「一開始，妳就不應該來找我！」

「我也不知道會發生這種事。」

「我不跟妳計較，現在妳給我走開！不要再來纏我了。」黃定維咬牙切齒的道。

「讓我跟在你身邊。」

「不要！妳是慧貞的妹妹，等一下妳又把她引來怎麼辦？」黃定維怒氣沖沖，劉慧恬忍不住說道：

「你不是很喜歡姊姊嗎？」

黃定維一怔，隨後也生氣的道：

「拜託！她是鬼，我是人耶！就算我喜歡她，也是當人時候的事，總不可能叫我現在還眷戀著她吧？人鬼殊途，這個道理難道妳不知道嗎？」

劉慧恬知道他說的沒錯，就連她看到劉慧貞出現時，嚇得魂不附體，她沒資格說他。

「你讓我跟著你。」她極渴望有人陪，要不然回去又一個人。

「不要！妳給我走開！滾！」黃定維怒吼，手指著另外一個方向。劉慧恬不知如何是好，再跟也得不到善意的回應，她的臉皮還沒厚到死纏爛打，面對黃定維的驅趕，她只好轉身離開。

現在很晚了，她能去哪裡？她也不敢回家，只好找個朋友家窩一下，明天再說了。

望著劉慧恬消失的身影，她會到哪裡去？黃定維並不想去管，他繼續往前走。

只是這麼晚了，他能去哪裡呢？算了！隨便找間旅館住，都比回去看到那隻鬼好。他知道隔壁有間汽車旅館，或許可以先到那裡睡個一晚。

思及至此，黃定維就朝旅館的方向走，這時見到剛才那名夜歸的女子又往回走，不知道她要往哪去？

這附近有一、兩家酒店，那小姐可能是裡面的人，才會這麼晚還在外面，他低著頭走，等到他要和對方交會時，對方擋在他面前。

「借過……」

他抬起頭來，瞳孔立刻放大，臉上毫無血色！這不是剛才那個陌生女子！是柳玉玟！不，更正確來說，是劉慧貞，她和他面對面，近到他可以感受到她身上散發出來的寒氣。

黃定維張口，不知道要說什麼，劉慧貞朝他嫣然一笑，然後捉住了他的手臂。在他還來不及喊叫前，劉慧貞就已經吻上了他，異於常人的高溫氣息直灌嘴中，直衝頭頂，讓他渾身癱軟，無法動彈。

第七章　真相

當重新恢復溫度時，黃定維已經在家裡了。

他不是沒有知覺，只是當劉慧貞那個吻落上來時，他的身體癱軟、思緒飄散，毫無自主能力，只能任憑她帶著他走。然後，等他有所反應時，已經在自己家了。

視線由模糊到清晰，眼前有個身影，嫋嫋娉娉，如果是平常的話，或許還有心情欣賞，但那是劉慧貞附身的柳玉玟，只令人覺得膽寒。

她似乎正在哼歌，是他熟悉的旋律，以往劉慧貞在他家的時候也是這樣哼的。

歌聲突然停了下來，她向他轉了過去。

「好聽嗎？」

黃定維不知道要怎麼回答。

劉慧貞也不是真的介意評價，她走到音響前面，從上面的CD架取出片子，放了進去，女歌手優美的聲音傳了出來，黃定維知道那是劉慧貞最喜歡的歌手的音樂。

她不斷在屋內走著，像是許久未回來，不斷的碰這碰那，十分眷戀。最後，她在他身邊坐了下來，黃定維瑟縮了一下，劉慧貞十分不滿，她的手抬起了他的臉，而他無力脫逃。

「記得嗎？你說過你有多愛我？」

他恐懼的看著她。曾經，他喜歡過她，但是面對一個鬼魂，很難保持愛情。誰知道相處下來，會變成什麼樣子？

劉慧貞將手放了下來，用手指頭在他臉上細細的撫摸，咯咯笑了起來，她的聲音清脆卻令人恐懼。

「定維，你還喜歡我嗎？」她輕柔的問道。

第七章　真相

「喜……喜歡啊！」

「那你為什麼聽到我回來時，那種表情呢？」倏的語氣一轉！令人措手不及！劉慧貞兇狠的抓著他的頭髮，用力的往後拉，黃定維吃痛的叫出聲！「你不是說過會一直愛我嗎？」

「慧……慧貞！」黃定維驚懼的看著她。雖然他是個大男人，但也快飆出淚了。

「你不是說愛我嗎？啊？」劉慧貞狂叫起來！張牙舞爪，像是要把他給吃了。

「不、不——」他叫了起來！

鈴鈴！

音樂鈴聲突然響起！是黃定維的手機鈴響，黃定維不知道該不該接，而這時候，劉慧貞的手頓了下來，她伸出手，熟練的在他口袋內側找出手機，上面有組來電號碼。

黃定維驚懼的看著劉慧貞，不知道該怎麼辦，反倒是劉慧貞接了起來，放到耳邊：

「定維嗎？」是個女人的聲音。

劉慧貞眼神一變，她放下手機，看著黃定維，黃定維不知道她的表情為什麼變得更加恐怖了。

只見她按下擴音鍵，再將手機放到他唇邊，好讓兩人都能聽到內容。

「定維，不好意思，我是小莉，你休息了嗎？」

「還、還沒。」

「那就好，人家好想你喔！想聽聽你的聲音，這樣人家才能睡著……」電話被掛斷了。

劉慧貞盯著他，面如死灰。

「小莉是誰？」

「只是同事而已。」黃定維恐懼的看著她，情況已經夠糟了，這個小莉為什

第七章　真相

麼挑這時候打電話過來！

「只是同事？會說想你？」劉慧貞咆哮起來！

「不、不是這樣子的，不是！」黃定維眼神閃爍，連忙否認。

「你不是說愛我嗎？為什麼還有一個小莉？或著……還有更多我不知道的女人？」生前或許會受騙，但死亡，讓她了解很多事情。

「沒有、沒有！」他的頭搖得像撥浪鼓。

「你不是說我才是你的一切？其他的女人算什麼？你跟我說的那些山盟海誓，卻只是在騙我！」劉慧貞相當生氣，劉慧貞朝他的胸口用力一擰，黃定維大叫起來！

「啊！慧貞，不要這樣！」黃定維痛得大叫。

劉慧貞站了起來，黃定維鬆了口氣，他的胸部疼痛，都瘀青了吧？她什麼時候才會放過他？正在這麼想的同時，只見劉慧貞往廚房的方向走去，等她再度出來時，手上已經多了把水果刀。

「慧貞，妳要做什麼？」他開始後退。

劉慧貞一步一步走到黃定維的身邊，察覺到她的意圖不善，黃定維拚命後退，不斷哀求。

「慧貞，不要——」

劉慧貞拿著刀子，刮破了牆壁的油漆，刮壞了桌子，她走到他身邊，刀尖對著他的胸口，似乎在瞄準位置。累積起來的恐懼，終於到了臨界點，黃定維再也忍不住，他閉上眼睛，大喊了起來：

「慧貞，對不起、對不起！」

「嗯？」

「是兆潔，都是她的錯！」黃定維哭了起來。

劉慧貞停住了。

黃定維哭得一把鼻涕一把眼淚，不斷跟她道歉：「對不起，真的不關我的事，都是兆潔，都是她。我有跟她講過了，可是她沒有聽我的話，我不知道她

第七章　真相

真的做了，對不起！」

劉慧貞靜靜的望著他。

「是我不好、是我不對，是兆潔主動來找我，是她勾引我的，是她害了妳的，不是我，真的不是我。」黃定維心神已亂，把實情都吐了出來。

「那你呢？」

「我、我……」

劉慧貞望著他，露出微笑。

※　　※　　※

三個月前

「定維，你要帶我去哪裡？」劉慧貞看著窗外，細雨濛濛，窗外能見度極低，遠方的山巒模糊不清，雨絲將世界交織有如夢幻國度，讓人心神嚮往，美極了。

「跟我走就對了。」黃定維沒有回答。

「嗯。」劉慧貞甜甜的笑著，也不再追問，反正只要能夠跟黃定維在一起，不管到哪裡都沒有關係。

就算他要求暫時不公開他們在交往，連妹妹都不能說，表示要等到時機成熟再告訴大家，那時就是他們好事將近的時候，她也接受了，因為那意味他將會和她永遠在一起。

只要定維開心，她什麼都願意。

車子繼續行駛著，離開市區，往山區前進。

黃定維不時看著她，眸中透出的訊息，劉慧貞解讀為情意綿綿，含羞的低下頭。

「定維。」她輕喚著。

「嗯?」

「你不再生我的氣了?」兩個禮拜前，他們有過一次爭執，氣到黃定維幾乎都不理她，是她苦苦哀求，不想跟他分手，甚至使出激烈手段，他才又回心轉意，回到她身邊。

「沒什麼好生氣的。」黃定維淡然的道。

「我真的……很愛你。不管其他人怎麼說，我都不想跟你分開。」她意有所指，轉頭看著他的側面，要不是他現在正在開車，她就過去擁抱住他。

別的女人想跟她搶他，門都沒有！

黃定維沒有回答，專心的看著前方。

「好、我不說、不說了！」劉慧貞以為他在生氣，連忙噤聲。真是，好不容易定維說要帶她出來走走，雖然今天下雨了，但卻不減興致，怎麼能夠因為這話題把好不容易建立的氣氛打壞了呢！

這個男人，她是多麼的愛他啊！愛到願意為他犧牲一切、委曲求全，只盼情郎開心。

為了帶動氣氛，她佯裝開心。

「你看，外面好美喔！」

「渴了嗎?」黃定維終於開口了。

「什麼?」

「我有買一點東西，在後面，妳渴了的話，可以喝一點東西。」黃定維指著後座，有一袋從便利商店買過來的食物和飲料。

「好啊!」

劉慧貞轉身，將袋子拿到身前，看到裡面放了些零食和飲料，裡面有兩罐啤酒。不過她是不沾酒的，所以啤酒是黃定維的，而旁邊只有一瓶果汁飲料，她拿了起來，沒費什麼力就打開了，蓋子似乎已經被人開過了。

劉慧貞也不在意，除了黃定維之外，還有誰這麼細心，一定是知道她力氣不大，先幫她把寶特瓶的蓋子打開了。

她開心的插入吸管，喝了起來。

車子轉向一旁偏僻的小路，僅容一輛車子經過，如果兩車交會的話，雙方都得開到旁邊。黃定維繼續往前駛。劉慧貞將蓋子旋上，打了個呵欠。

第七章　真相

「定維，到底要去哪裡？」大概是坐太久的車子，坐都坐累了，她的眼皮一直垂下來。

「就快到了。如果妳累的話，先睡一下，到了我再叫妳。」

「好。」

劉慧貞閉上眼睛，很快就睡著了。

山區天氣多變化，雨勢很快就停止了，等到了目的地後，她依舊沒有醒來。黃定維看了她一眼，並沒有叫醒她。

他把車子停好走了下來，前方有個涼亭，而亭子裡有個女人。

「你們很慢耶！」錢兆潔埋怨著。

「真的要這麼做嗎？」

「當然，都已經到這個地步了，不除去她，我們兩個怎麼在一起？而且你別忘了，這主意是你提起的，怎麼，害怕了？」錢兆潔撇撇嘴，一臉不屑。

「不是，只是有必要這樣嗎？」黃定維沉思著，畢竟劉慧貞也跟著他一陣子了。

「別吵了，我已經把東西都帶來了，快點把她抱下來吧！」

黃定維無可奈何，卻也沒有再反對，和劉慧貞交往的這些日子，他也倦了，想要分手，偏偏她死纏爛打，無論如何都不肯鬆手，甚至還跑到他的公司大吵大鬧，她是個阻礙，非得除去不可。

於是他和錢兆潔一拍即合，兩人想出這個方法，一勞永逸。

將劉慧貞抱出來後，塞到袋子裡面，錢兆潔將汽油倒在上面，拿起打火機，沒有遲疑，開始點燃。

好燙！

在袋子裡的劉慧貞醒了過來，她的身體又熱又燙，卻掙脫不開！

這是什麼？為什麼她無法打開？眼前一片黑暗，手腳都在密閉的空間裡，她想要掙脫卻毫無辦法。

「啊！救命！救命啊！定維，你在哪裡？救命啊！」劉慧貞不斷尖叫，卻得

第七章　真相

不到回應。

有人在說話，是定維嗎？

「定維、救我！救我！」

談話聲被她的尖叫聲蓋過，炙熱的窒息感籠罩住她，噁心的汽油味竄進她的鼻子，她可以感到肌膚在燃燒，甚至可以聞到自己身體燒焦的味道。

「啊——啊！」她不斷喊叫！不斷哭泣，身體不斷翻滾，卻掙脫不開火焰。

好熱、好燙！無情的火像是來自地獄，焚燒著她的每一處，她的頭髮，她的臉皮，她的身體，從表皮燒到肌肉，她活生生面對自己被燒烤的事實。

為什麼？為什麼她要遇到這種事？定維……生死關頭中，她仍對所愛的人思思念念。

定維，好想好想你，你在哪裡？

定維，救我，定維……

她無力了，身體承受著極大痛楚，她無法再跟火神抗爭，她的生命消失殆盡。

※　　※　　※

「都不關你的事，是嗎?」她露出微笑。

「對、對……」他說得很小聲。

「可是我明明聽到你的聲音。」即使在火焰中，她仍清楚的聽到男人的聲音，還有女人愉悅的笑聲。

她緊抓細微的聲音，將聲音印入她的靈魂。

怎麼能夠忘記?那熟悉的聲音，竟是推她入地獄的魔掌?她是那麼全心全意信任這聲音的主人。

即使她看不到臉，也聽得到聲音，所以，她回來了。甚至從黃定維的口中知道了真相。

黃定維驚恐的看著她，看著劉慧貞舉起刀子，向他前進。

「慧貞，不要過來，哇——」黃定維連忙一閃，躲開她落下的刀子，不過背部衣服被劃破了。

劉慧貞並不著急，她緩緩的向他前進，反正她已經死了，有的是時間。他和她就像老鼠和貓，玩著追逐的遊戲。

「慧貞、慧貞，對不起，放過我吧！慧貞？」

「你有沒有放過我？」

「對不起，我錯了！我不是故意的。」黃定維不斷哭喊。

劉慧貞笑了起來。

「毀屍滅跡，還說不是故意的？」劉慧貞字字尖銳、句句指控，黃定維難以招架。

「慧貞……原諒我。」他哭得涕淚縱橫。

所以她回來了，就算在地獄，她也要爬回來。倍受煎熬的靈魂，終於有了宣洩。

劉慧貞舉起刀柄。

「啊——啊啊！」

刀子忽然掉了下來，劉慧貞摀著耳朵叫了起來！黃定維不知道發生了什麼事，只能不斷退後，驚恐的看著她。

這……簡直不是人，他清楚的看見劉慧貞的手背，有青筋冒出，她的臉蛋不斷鼓動，就像她的皮膚裡面，還藏著一個人，而他清楚的聽見——

「不行！」

「為什麼不行？」

「不可以！就是不可以！」

「柳玉玟，妳給我進去！」劉慧貞怒吼著！明明是同個聲音，卻像是有兩個人在對話。

他明白了！這副身體裡面，還有一個人存在。

「救……救我！」他朝在她體內的另外一個人大喊！

原本娟秀清麗的臉龐頓時扭曲，不斷浮動，就像不平的地表，底下暗潮洶

第七章　真相

湧，她的雙眼暴睜，眼白露出的部分比眼珠還多，如有東西在她臉蛋翻攪，青筋血脈不斷鼓動，一張臉恐怖異常。

最後，臉蛋又安靜了下來，黃定維驚懼的看著她，因為他不知道，在這副身體裡，究竟是誰？

「你只會找女人嗎？」

黃定維臉色土灰，是劉慧貞。

強壓下體內另外一個靈魂，劉慧貞舉起刀柄，黃定維退無可退，只有旁邊的窗戶因景觀設計而沒有裝鐵窗，如今卻成了地獄的入口。

前方是劉慧貞，後面是窗戶，他沒得選擇，不想面對厲鬼的復仇，他往後縱身一躍——

第八章　報復

錢兆潔醒了過來，事實上，她根本沒睡著。

從她自鏡子裡看到劉慧貞的那一刻開始，她就開始不安，她知道，事情已經爆發了！

她和黃定維曖昧苟且的時候，被劉慧貞發現，劉慧貞還因此和黃定維吵了一架，那一刻，她就明白，劉慧貞是阻礙她和黃定維在一起的絆腳石。再加上劉慧貞三不五時就去騷擾黃定維，黃定維不堪其擾，於是她努力說服黃定維，將劉慧貞給除去，並且利用工作之便，為他安排不在場證明，劉慧貞死亡的時候，他們兩人都不在國內。

事情進行的相當順利，怎麼都沒想到，劉慧貞竟然會再出現！而且是從鏡子裡出現？

第八章　報復

錢兆潔躺在床上，眼睛卻睜得大大的，怎麼也睡不著。她不知道，劉慧貞會不會再從鏡子裡出現？

不可能！這個世界上，不可能有鬼的！

但是她沒看錯，那的確是劉慧貞，她只差沒從鏡子裡面爬出來，想到這裡，劉慧貞不寒而慄，撫了撫手臂，雞皮疙瘩都起來了。

她來復仇了嗎？錢兆潔忐忑不安。

叮鈴！

都幾點了，還有人在按電鈴？

叮鈴！叮鈴鈴！

似乎只要她不開門，那門鈴聲就不止歇，錢兆潔想要當作沒聽見，那門鈴聲卻聲聲催人，怕吵到隔壁鄰居。錢兆潔無可奈何，只好前去開門。

她將門拉開一條小縫，門和旁邊牆壁，還有條鐵鍊繫住。

「哪位？」

門外是個女人，穿著白色大衣，頭髮垂在臉頰兩側，而外頭走道燈暈黃，顯得相當詭異。

「是妳？」錢兆潔認得出來，那是今晚跟劉慧恬來的柳玉玟。

「讓我進去。」

「這麼晚了，有事嗎？」

「讓我進去！」她開始暴躁起來。

「妳要做什麼？都已經幾點了？妳還——」不待錢兆潔說完，門板已經用力被打開！連鐵鍊都被推斷，錢兆潔驚訝的望著她，退了好幾步，直問：「妳、妳到底想要幹什麼？」

女人走了進來，屋裡的燈開始明滅不定。

錢兆潔望著她，明明知道那個名字，卻不敢說出口，深怕一旦開口，就會成真。

女人只是微微一笑，關上身後的門。

第八章　報復

「妳在做什麼？」錢兆潔問道。

「呵呵呵呵……」女人笑了起來，她猖狂的笑聲讓人心神俱裂，錢兆潔甚至從窗戶玻璃的反射看到了……看到了……

慧貞？

「啊！」她不斷的揮著手後退，劉慧貞卻一步一步靠近，空氣中的溫度驟降！

劉慧貞想要往門口衝出去，劉慧貞卻擋在她前面。

「兆潔。」

「妳到底是誰？」錢兆潔看著她，又看著玻璃反射，感到無邊恐懼，劉慧貞望著玻璃，淡淡的道：

「就是妳看的那樣。」

猝不及防，她伸手勒住錢兆潔的脖子。

由於劉慧貞的動作又快又急，錢兆潔來不及閃躲，脖子被她的手抓住，無法呼吸，錢兆潔不斷又揮又打，用她修剪相當美麗的指甲揮了過去。

劉慧貞頓時感到臉上火辣辣的，這副畢竟仍是柳玉玟的肉體，痛覺神經連到她的靈魂，她一時鬆手。

從劉慧貞的手上掉了下來，錢兆潔連忙爬離她的身邊，四處尋找躲避的地方，不過她這裡是套房，何處可躲？何處可藏？一目了然，只是延遲折磨罷了！

望著流下的血滴，劉慧貞怒意橫生，她上前抓起了錢兆潔的頭髮，錢兆潔慘叫一聲。

「不要！不要！」

「我也是這樣說的，不過妳卻沒停手！」劉慧貞想起被火焚燒的痛苦，頭髮扯得更用力了！

「慧……慧貞？」錢兆潔哭喊起來。

「想我嗎？」劉慧貞的手指輕輕撫過她的脖子，動作雖然輕柔卻讓人恐懼。

第八章　報復

「不要這樣，我們是好朋友呀！」她閉上了眼睛。

「對啊！我們是好朋友，所以我經歷過的滋味也要讓妳嚐嚐。」劉慧貞在她耳邊低語，錢兆潔一驚！尖叫了起來！

「不！不要！」她不要被燒死！

「呵呵呵……」劉慧貞低笑了起來。

「對不起，慧貞，對不起，我不是故意的，是定維，都是定維做的，他說妳一直纏他，不肯放開他，這一切都是他的主意。」錢兆潔連忙告解，希望減少點罪惡。

「是嗎？都是他？」

「對、都是他！都是他！」

「哈……哈哈哈！」劉慧貞大笑起來！

見她狂笑，錢兆潔更感恐懼，原本無畏的她，感到無邊駭然。

「慧貞，拜託妳，不要！」

劉慧貞哪肯聽她？她的生命，毀在她最信任的兩個人身上。

「如果妳當初有一點點同情、一點點憐憫……」她在錢兆潔耳邊低語：「那我也許會這麼做。」

可是他們沒有！錢兆潔不斷尖叫，她的頭像是要被拉起來，活生生要被扯下來，錢兆潔心慌意亂，伸手不停拍打，掀亂了床鋪，翻倒了桌子，還有櫃子上面的小物品，全都倒了下來。

為了生存，錢兆潔拿起地上的東西，不斷往劉慧貞丟！劉慧貞雖感疼痛，卻不放過她！

錢兆潔丟無可丟，手上的東西都丟完了，她抓到一個小東西，往她的頭上一丟——

「啊呀！」

淒厲的叫聲劃破了黑夜！

※　※　※

第八章　報復

錢兆潔向外面奔了出去，一時無路可去，她只好朝巷口的便利商店衝了進去。

「歡迎光臨！」

半夜了，大夜班的歡迎光臨也懶懶散散，兩個工讀生見到錢兆潔穿著性感睡衣奔了過來時，眼睛都突了出來，這兩個小男生的色鬼眼光她並不予與理會，她比較在意的是後面。

沒有，劉慧貞沒有跟過來，她鬆了一口氣。

天氣雖然寒涼，但在便利商店的空調卻十分溫暖，錢兆潔雖然穿著睡衣，光著腳丫，整個人相當激動，卻不感到寒冷。

怎麼辦？她要怎麼回去？還能回去嗎？這時候她還能找誰？

她的手中掛著一個東西，她低頭一看，只有手中一條紅色的線，綁著一道護身符。她依稀記得，這是事發之後，為了祈求心安而到某個廟宇去求的符咒，沒想到救了她一命。

將符咒戴到脖子上之後，錢兆潔才鎮靜下來，看來這符不是心安用的，它的確有功效，只是，它能幫她度過這次劫難嗎？

她看著四周，還好時間已晚，店裡的人並不多，要不然大概會被她怪異的舉動嚇著吧？

她朝櫃檯走了過去，兩個小男生彼此碰了碰，眼神既害羞又曖昧，像是在決定該由誰來跟她講話，雖然睡前褪去脂粉，但平日保養得宜的她加上成熟女人的嫵媚風情，當錢兆潔開口時，還真讓人難以拒絕。

「不好意思，可以借我一下手機嗎？」她說話了。

「手機？呃……啊……阿宏，你的手機呢？」

「在、在這裡！」另外一個男孩連忙從口袋中取出手機，遞給錢兆潔，她接了過去。

撥著熟悉的號碼，沒有人接，錢兆潔不耐煩的道：

「人死到哪裡去了？快接啊！」

第八章　報復

等到撥通的聲音結束之後，開始轉入語音信箱，錢兆潔連忙說道：

「黃定維，你人在哪裡？我在我家巷口的 7-11，你快點過來。」掛斷電話之後，她把手機還給店員，走到便利商店牆邊附設的休息桌，坐了下來。

怎麼辦？她能找誰求救？警察嗎？不可能，萬一被他們查出事實還得了，而唯一可以幫她的黃定維又不知死到哪裡去了？

她的菸癮又犯了，人在恐懼的時候，總是需要一點習慣的事物來安慰，菸也沒有，酒也沒有，她要怎麼過？

「小姐，妳要喝點熱的嗎？」剛剛借她手機的男孩走了過來。

「我沒有帶錢。」

「沒、沒關係，我們請妳。」男孩遞給她一杯溫熱的咖啡，然後回到櫃檯和同事互捶，兩人為完成任務而開心，錢兆潔則拿著咖啡啜飲起來。

裊裊的煙霧升起，她必須給自己一個安身之處，她大口飲盡咖啡，然後走到櫃檯，對著店員問道：

「對不起，你的手機可以再借我一下嗎？」

※　　※　　※

好痛……

撫著頭，她爬了起來，感到額頭有塊地方熱燙燙的，非常難受，不知道發生什麼事了？

柳玉玟扶著牆壁，站了起來，她看著四周，不是錢兆潔的家嗎？為什麼跑到這裡來？

她只知道劉慧貞在逼他，那個黃定維，出事了嗎？

就算她被附身，但藉由她的手殺人，仍令她十分難受，她……殺了人嗎？心頭揪了起來，卻不知道這惡夢，何時才會結束？

柳玉玟扶著牆壁，向外面走去，一股力量將她往後拉，她大吃一驚！想要伸手去摸門把，卻像有人抱住了她的身體，不讓她離去。

柳玉玟使出吃奶的力氣往前，反而往後跌了個踉蹌。

第八章　報復

「啊！」跌落在地，讓她吃痛的叫了起來。

她的身體不知道被什麼東西纏住，硬生生將她往後拉，明明沒有人，她卻不斷移動，柳玉玟驚恐的睜大了眼睛，不知道有什麼隱形的怪物纏著她。

「救命！救命啊！」

身體再度被捲住，然後往上一拋，重重跌落地上，柳玉玟滿臉淚痕，不知道自己為什麼要承受這些。

有股細微而尖銳的聲音，如同絲線般，刺著她的耳膜，柳玉玟可以感到那聲音背後的憤怒，將所有情緒轉移到她身上，藉著她來發洩怒氣。

「劉慧貞！不要！」她嚷了起來，她知道一定是她，只有她才有這個本事。

動作暫時停止了，但很快的，她的身體又被往後拖，眼看她的頭就要撞上牆壁，柳玉玟趕緊抓住床腳，她的身體轉了一百八十度，力道瞬時停住，才免於腦袋開花。

柳玉玟勉強爬了起來，還要小心翼翼，不要再被拋出去，這時候，她看到酒櫃玻璃的反射!隱隱約約,但仍可以看得到那張劉慧貞的臉!她也站了起來,而且怒氣騰騰。

「為什麼?為什麼要這樣對我?」她大喊著。

「為什麼?為什麼要這樣對我?」

剎時,柳玉玟以為是自己的回音,然而玻璃內那扭曲的表情,她知道,劉慧君正在發洩她的怒氣。

「不要再纏著我了,求求妳。」柳玉玟哭喊了起來。

「為什麼?為什麼?」那細碎尖銳的聲音再度響起,讓人頭皮發麻,柳玉玟不禁捧著頭尖叫起來!

「啊!」

強烈的感受鑽進她的心房,即使她閉上眼睛,仍可以察覺那急撲而來的毀滅力量,火焰包圍著她,像要灼燒她的靈魂,柳玉玟大駭起來!她明白,劉慧貞想要取代她,掠奪這個肉體。

第八章　報復

「不——不！」她抱著頭顱，不停的大叫。

「為什麼？為什麼？」那不甘的聲音，仍繼續傳入她的腦袋，如同鳩占鵲巢，想要易地為主。

「走開！」

「為什麼？為什麼？」憤怒！不滿！委屈！憎恨！被所愛及信任的人雙重背叛，劉慧貞痛苦的大叫。

「啊！」

她可以察覺到她的情緒，更可以知道劉慧貞的意圖，不甘所帶來的偏執，讓她化為了厲鬼，附在她的身上報復，甚至要掠奪她的身體……不，柳玉玟打開窗戶！

「妳要做什麼？」劉慧貞呆住了！

「與其讓妳附身，我不如先死算了！」她淚流滿面。

「不——」劉慧貞尖叫起來！她的叫聲如巨斧劈開柳玉玟的腦袋，她的頭好痛！

「我的人生，已經讓妳給毀了，我不要讓給妳身體！」

「不行！」

連母親都死了，她的人生還有什麼意義？趁自己還有意識，還能掌控自己身體時，柳玉玟推開窗戶，抬起雙腳，一躍而下！

※　※　※

很可惜的，事情並不像柳玉玟想的那樣順利，她從五樓一躍而下，掉到一樓的遮雨棚，緩解了衝力，再撞到停在路口的休旅車上面，滾到了引擎蓋，才掉到地上。

柳玉玟渾身痠痛，感受到活著，卻想要死。

「不可以，妳不准死！」劉慧貞憤怒的大吼！在她的腦海裡。

就算她不死，她也知道劉慧貞不會放過她，身上的大衣如此緊貼，沒有鬆懈的跡象。

第八章　報復

連死也不成，這是什麼道理？

柳玉玟淚流滿面，她看著馬路，雖然凌晨人車稀少，但還是有幾輛車呼嘯而過，她看過一輛急駛而來的計程車，大概認為半夜沒什麼人，恣意的狂飆，等司機看到前面有人時，已經來不及了！

眼看車子就要撞了上去，像有條鋼絲捆住她似的，千鈞一髮之際，將她往後拉！

嗄！

煞車硬生生的滑行數十公尺才停下來，司機也嚇得冒出一身冷汗，他明明看到人了，可是車子卻沒有撞到人的感覺，這……是怎麼回事？

他停了下來，下了車，看到那個女人跌到街角，他的撞擊力道有這麼龐大嗎？

而被硬生生往後拉的柳玉玟，好端端站了起來，司機忍不住咒罵起來：

「我操！半夜睡覺不睡覺，跑出來做什麼？」

柳玉玟斜眼睨他，那眼神透露著詭異，司機整個人打了個冷顫。

柳玉玟……不，該說是劉慧貞，她瞧了瞧身體，要不是她在千鈞一髮，強行占了她的身體，救了柳玉玟，她恐怕就肢體破碎，而她再也找不到這麼滿意的身體了。

從柳玉玟碰到這件衣服時，她就知道，她找到適合的身體了，人海茫茫，但要找到一副適合自己磁場的身體，不容易啊！所以她不能輕易讓柳玉玟死。

站起身，她銳利的望著四周，往四周看了一下，見到對街的便利商店，也看到裡面的錢兆潔，原來逃到這裡來了？她嘴角勾起笑容，向對面走了過去！

「歡迎光臨！」

當便利商店的門大開時，在櫃檯的兩名店員大聲的招呼著，完全不曉得這時候出入的到底是人是鬼。

錢兆潔躲了起來，不敢讓她看到她。

她以為這樣就找不到她了嗎？未免可笑。劉慧貞也不馬上上前，故意和她玩著貓捉老鼠的遊戲。

「兆潔，我來了。」她故意喊道，而櫃檯的店員則疑惑的望著這兩名女人在玩什麼把戲？

錢兆潔沒有回答，她從零食區躲到民生用品區。

「已經很晚了，該回家了。」劉慧貞走到裡面的區域，錢兆潔繞過民生用品區，想從另一邊避開她的視線。

大門就在前方，只要她快一點，就可以衝出去了吧？

「這麼晚了還在外面，妳不知道外面很危險嗎？還不趕快回家？」

錢兆潔快哭了出來！如果這時候回家，才是不要命吧？她知道她的行為在店員的眼底，一定很怪異，現在也管不了許多，只想趕快跑到外面！

「兆潔，該回家囉！」

劉慧貞在左邊，而她在右邊，只要從這裡往前衝，越過櫃檯，就可以到外面了。

深吸一口氣，她努力往前衝，她知道她的腳步聲一定引來劉慧貞的注意，不過無妨，她已經到門口了，快點！自動門快點打開啊！

她的頭髮突然被抓住，然後往後拉！

「啊！」

兩名店員目瞪口呆，他們沒看過有人的動作可以那麼迅速？可以在短短的時間內，像是滑行似的掠過他們眼前，然後抓住人。可是那個穿著大衣的女人，腳底下並沒有滑板車或直排輪呀！

錢兆潔倒地，劉慧貞將她拖到裡面。

見情況不對，店員跑了出來。

「小姐，妳在做什……」叫阿宏的店員看到劉慧貞眼底泛出的青光時，不禁錯愕了，他的話卡在喉嚨。

空調壞了嗎？為什麼變得好冷？

這時候頭頂上的燈管閃爍不定，像是夾雜著憤怒閃爍不定，在看到劉慧貞臉上浮現的青氣，還有明顯的殺意時，兩名店員哇的大叫一聲，驚慌的跑了出去！

第九章　求救

現代的年輕人，真是沒有責任感。

劉慧貞輕蔑的勾起嘴角，無暇去理會那兩人，她抓著錢兆潔後退，要讓她品嚐恐懼的滋味，就像她一樣。

只是劉慧貞沒有料到，這時候錢兆潔用力扯下脖子上的紅線，往後一甩，平安符才剛輕輕劃過皮膚，劉慧貞就大叫了起來！

「啊！」

她一鬆手，錢兆潔就滾到旁邊，緊抓著平安符。

「南無阿彌陀佛！觀音菩薩！玉皇大帝！救救我！」她不斷哭喊，念著她僅知的神祇名號，她不知道這樣小小的一個平安符，能抵擋她多久？

第九章　求救

摸著發疼的皮膚，劉慧貞含恨的看著她，怒吼一聲！朝她撲了過來！她往她的腹部一咬！力道不知有多深？剎時鮮血淋漓！

「啊！」

錢兆潔用腳踹她，但劉慧貞卻不肯放開，直到錢兆潔用平安符打上她的頭，劉慧貞才尖叫起來，並鬆了口，錢兆潔忍著疼痛，幾乎是用爬的衝出大門。

她才剛跑出來，一雙手碰到她，捉著她的兩臂，錢兆潔又是不斷揮舞！驚恐的大叫：

「不要過來！不要過來！」

「哎喲！好痛！」劉慧恬叫了起來！

「慧恬，是妳嗎？慧恬！」錢兆潔連忙爬了起來，躲到劉慧恬的身後，而劉慧貞看到自己的妹妹時，沒有表情。

劉慧恬沒想到她接到錢兆潔的電話，過來一看，劉慧貞竟然追到這裡？

「姊姊，妳怎麼在這裡？」她錯愕極了。

「走開！」

劉慧恬雖然很害怕，但她隱約明白，如果她走的話，可能沒好事，只好強迫自己面對劉慧貞。

「姊姊……為什麼妳還在這裡？」

「走開！」劉慧貞的目標是她身後的錢兆潔！她推開了劉慧恬，劉慧恬踉蹌的向旁邊跌去，錢兆潔見狀不對，轉身就跑，劉慧貞捉住了她，露出銳利的牙齒，往她的脖子上一咬——

「啊呀！」

手裡還握著平安符的錢兆潔，往劉慧貞頭上一按，傳來淒慘的叫聲，脖子上的牙齒鬆開了，錢兆潔還不敢放手，緊緊將平安符按在她的臉上，可以聽到她的皮膚如火燒，傳來滋滋的聲音。

「啊啊啊！」劉慧貞痛苦莫名，她不斷大吼！最後終於鬆手，跌在一旁哀嚎。

第九章　求救

「錢姊！」

劉慧恬奔了過去，見她衣衫單薄，她連忙脫下身上的外套披在她身上，錢兆潔喘著氣，跌坐在地。

「這是怎麼回事？」她接到她的電話，就奔了過來。

「我……」錢兆潔不知道該怎麼說，她能說是劉慧貞的冤魂回來找她報復嗎？

「痛……」地上的女人開始有了聲音，錢兆潔嚇得和劉慧恬互擁，退了好幾步，只見劉慧貞移動半晌，坐了起來，詫異的看著四周。「我……我怎麼會在這裡？」頭上有個小東西黏在臉上，她取了下來。

錢兆潔驚恐的看著她，尖叫：「不要過來！」

「什麼？」

「不要過來！」

「我……」女人皺著眉頭，發現臉上、手上滿是傷痕。「這到底是怎麼一回事？」

見她停止攻擊，並且滿臉迷惑，劉慧恬壓下恐懼，試探的問道：

「姊姊？」

「什麼？我是柳玉玟啊！」柳玉玟迷惑的看著她。

兩人吃了一驚！剛剛還是劉慧貞，現在就是柳玉玟了？錢兆潔雖然紛亂，看到她手中拿著的平安符，心底明白了！

「把它還給我！」

柳玉玟一愣，錢兆潔已經將平安符搶了回去，柳玉玟完全搞不清楚狀況。

「我怎麼會在這裡？」她喃喃著。

「妳不知道發生了什麼事嗎？」劉慧恬望著她，她身上有著大大小小的傷痕。

柳玉玟搖搖頭。

劉慧恬和錢兆潔兩人面面相覷，深感無力。

第九章　求救

※　　※　　※

「這是怎麼回事？姊姊為什麼會來找妳？」劉慧恬走到飲水機為柳玉玟倒了杯熱水後，坐了下來。

「我也不清楚。」她總不好說劉慧貞是來找她報復的。

「她到底想怎麼樣？」劉慧恬呢喃著，錢兆潔沒有回答，她們已經回到她所住的套房裡。

錢兆潔換了套便服，剛才在外面被鬼追，根本沒辦法去考慮服裝的問題，現在回到屋子，她趕緊穿上保暖的衣物，等到穿好之後，她坐了下來，盯著劉慧恬。

「妳已經知道妳姊姊變成鬼的事了？」

「嗯。」

「妳來找我的時候，為什麼沒有說？」她埋怨著。

「那時候，一切都還很正常啊！」劉慧恬瞄了柳玉玟一眼。「我們來這裡，想要問妳黃定維的事情，沒想到她後來竟然附在柳玉玟的身上攻擊我們，後來我只好離開，沒想到妳打電話給我，我才會發現姊姊在這裡。」雖然現在柳玉玟很正常，但難保她什麼時候又被劉慧貞附身？

「妳差點害死了我。」錢兆潔相當埋怨。

「對不起，我真的不知道。」

「算了算了！那你們找到黃定維了嗎？」

「找到了，不過後來姊姊出現，攻擊我們，他不知道跑哪裡去？我也只好先去朋友家。」想到那一幕，劉慧恬還是感到膽寒。

「那劉慧貞為什麼會過來？難道黃定維他……」

「怎麼了？」

難道黃定維已經遭到不測？她來向他們報復了？那件事一直是她心底的隱憂。

劉慧恬找上門來，甚至連柳玉玟都像是被附身似的，朝她攻擊，她開始怕

第九章　求救

了，會打電話給劉慧恬，也是向她求助，希望劉慧貞可以因為親情，而放過她，不過看來似乎連親情也沒用。

劉慧貞現在已經不能用人的標準思考了。

錢兆潔害怕事情會爆發，也不贅言，避重就輕的道：「我們先到黃定維家去看看吧！」

「好，我們走。」劉慧恬站了起來，她拉著柳玉玟，柳玉玟一臉茫然，完全沒有自主能力。

錢兆潔叫了起來：「她也要去？」

「事情是我惹起來的，我不能放她一個人。」要不是她拿大衣去賣，也不會惹出這麼多事。

「萬一她又攻擊我們怎麼辦？」

「這……總不能讓她獨自在這裡。」

「難道妳不知道她會做出什麼事嗎？」

「那不是她，是姊姊。」

劉慧恬說得沒錯，她擔心的對象似乎混淆了，錢兆潔望著柳玉玟，只見她兩眼渙散，無力自主，應該沒有攻擊性，再加上還有護身符在身邊，她不甘不願的點點頭。

「算了算了！走吧！」

※　※　※

三個女人叫了部計程車，來到了黃定維的住所。

還沒到黃定維住的大樓之前，就看到前方有警車和救護車，還有三三兩兩的住戶，阻礙了她們的路，司機將車子停在巷口，她們下來，準備步行過去，就聽到旁邊有人在討論：

「夭壽喔！從十樓落下來！」

「雖然有遮雨棚擋住，也不知道能不能活下來？」

「可惜啊！還那麼年輕！」

第九章　求救

十樓？這個敏感的樓層讓錢兆潔停下來，黃定維就住在十樓，他們討論的是誰？

她們往救護車的方向一看，上面有個熟悉的身影，幾個人的臉色相當難看。是黃定維！

他躺在擔架上，毫無動靜，臉上已經蓋上白布，正準備抬上救護車，看來劉慧貞已經來找過他了，錢兆潔抬頭往上面看，黑壓壓的天空蓋住大樓的屋頂，沉悶的令人喘不過氣。

錢兆潔感到恐懼，難道她也要像黃定維一樣嗎？不！如果可以把她除去的話，就像她生前一樣……

不自覺的，她握著脖子上的平安符，心底有了想法。

「妳有想過去找師父嗎？」她轉頭對柳玉玟說道。

「什麼？」

「如果是鬼怪的話，應該去找神佛，我帶妳去廟裡，聽說有個師父很靈，我帶妳去找他好不好？」她的語氣溫和，態度丕變。

「妳要幫我？」聽到有人要幫她，柳玉玟就像溺水的人忽然抓到浮木。她的眼睛透出光采。

「既然跟慧恬有關，我當然不能不幫忙囉！」錢兆潔掩飾的道，她望了劉慧恬一眼，劉慧恬心中充滿感激，全然不覺錢兆潔前後態度有異，只覺她熱心助人，就像劉慧貞剛死時，她幫她忙前忙後一樣。

「謝謝妳，錢姊。」

錢兆潔嘴角一挑，露出微笑。

※　※　※

清晨五點，已有香客上門，莊嚴的廟宇丹楹刻桷，爐中煙霧裊裊，錢兆潔帶著劉慧恬、柳玉玟走了進來。

劉慧恬知道這間廟宇，它在市區中心，已有百年歷史，凡是附近的居民，甚至遠道而來的旅客，都會在這裡求個平安，或許有神佛的疪佑，能夠解決

第九章　求救

所有事。

劉慧恬跟著錢兆潔進去，發現柳玉玟站在門口不動。

「進來啊！」

「我進不去。」柳玉玟驚恐的說著。

「什麼？」

「我走不過去。」就像是有道無形的牆，擋在她面前，柳玉玟明明可以看到錢兆潔和劉慧恬輕鬆的跨過廟的門檻，但她偏偏無法進去，而兩側所畫的門神，平常看沒什麼感覺，這時候她的心頭一緊，只想落荒而逃。

錢兆潔焦急的叫了起來！

「這可糟了！慧恬，妳在這裡，我先進去問一下。」說完就匆匆進去。數分鐘後，錢兆潔又跑了出來，對柳玉玟道：

「來，我先帶妳去後門，那裡沒有門神，妳應該可以進去。」她帶著柳玉玟離開正門，沿著牆壁往後走，劉慧恬也跟了上去。

從後門進到裡面，和一般居家無異，錢兆潔將她們帶到一處偏堂，裡面不過七、八坪，光亮潔淨，裡面供奉的是小尊的千手觀音，兩旁的櫃子擺放不少經書，而一位穿著道袍，頭髮灰白的師父已經站在那裡上香了。

「這是阿勝師父，在來之前，我已經跟他通過電話，他大概知道狀況了。」錢兆潔小聲的說道，兩人點了點頭。前些日子在求手頭上的平安符時，她和阿勝師父走得很近。

等阿勝師父上完香，轉過頭來，看著她們三人，眉頭緊蹙了起來。

「她就是妳說的那位朋友？」他眼睛直盯著柳玉玟，柳玉玟被他看得很不舒服。

「對。」

「怎麼會沾惹到這些？」

「我也不知道……」柳玉玟感到委屈。

「事出必有因，若非心有貪嗔，那來如此垢毒？」阿勝師父聲聲嚴厲，柳玉

第九章　求救

玟泫然欲泣，錢兆潔連忙上前。

「阿勝師父，你就別再說了，若不是她買了那件大衣，又怎麼會讓劉慧貞的鬼魂給纏上，她也是無辜的。你就大發善心，把那個鬼除去，幫她個忙，也算是做善事。」只要將劉慧貞除去，她也能安心睡覺。

「若是冤孽，我恐怕化解不了，她的情況還有得救。」

柳玉玟聞言大喜，連忙上前。

「阿勝師父，請你幫幫忙，看是要吃齋念佛，還是要添香油錢？請你幫我把這件大衣脫掉。」

「妳過來跪下。」

柳玉玟依言照做。

阿勝師父拿起一張香紙，上面以硃砂寫著符咒，只見他將符咒點燃，放到爐上接受香煙薰陶，再拿到柳玉玟頭上轉了幾圈，柳玉玟感到渾身發燙，那火燒的感覺她相當熟悉，跳了起來！

「啊！」

「柳玟玟？怎麼了？」錢兆潔和劉慧恬兩人都望著她。

「好燙。」想要扯掉發燙的大衣，卻怎麼也扯不掉。

阿勝師父望著她，眉頭皺更深了。他抓著柳玉玟，想要將她拖回來，未料柳玉玟左手一揮，將他彈開。

眾人錯愕的望著她，尤其柳玉玟更為惶恐，她連忙解釋：「阿勝師父，我、我不是故意的，不是我。」

「這麼厲害？」阿勝師父也感到棘手了。

「阿勝師父，救救我。」柳玉玟把所有希望都擺在他身上。

「把門關上。」阿勝師父吩咐著，錢兆潔和劉慧恬連忙把門關上，外面的陽光瞬間被遮蔽，室內開始冷了起來。

儘管如此，柳玉玟還是感到全身好熱。

阿勝師父手握佛珠，嘴裡喃喃，正在念咒，柳玉玟聽不懂他在念什麼？卻

第九章　求救

覺得頭痛欲裂！

「不要念了！不要念了！」她的話才剛落完，阿勝師父念得更大聲了！誦經的聲音像在她腦袋裡打鼓，震得她頭要分成兩半，有什麼要鑽出，而另一股聲音從腦海響起，尖銳而悲鳴——

「不要念了！不要念了！」

是劉慧貞！她也在抗議了！

「劉慧貞，妳給我出去！」柳玉玟突然喊了起來，錢兆潔和劉慧恬兩人靠在一起，被她的聲音嚇了一跳！

「不要——」

「出去！」

都是她害她這麼淒慘，如今有高人要驅走她，她還躲在她體內，柳玉玟感到抓狂。

阿勝師父邊念邊拿起預備好放在供桌上的淨瓶，他拿起楊柳，沾上瓶裡的水往空中灑，柳玉玟感到身體收縮又膨脹、膨脹又收縮，難受的不得了。而有幾滴滴到她的身體上，竟然發出焦黑的痕跡。

「好燙！」柳玉玟叫了起來！

阿勝師父不理她，在空中灑滿楊柳水，拿著手上的佛珠向她走過來。柳玉玟明明不想動，身體卻一直被拉，腳也不得不向後走。

「師父，救我！」她驚駭極了！是劉慧貞！她離開她的腦髓，轉而控制她的身體了嗎？

「抓住她。」

阿勝師父一吩咐，錢兆潔和劉慧恬連忙抓住她，柳玉玟應該是動彈不得，她的身體卻如蝦子般，不停的往前弓。那彎曲的程度，讓人懷疑她的身體會不會斷掉。

倏的！柳玉玟的往前一彈，掙脫了錢兆潔和劉慧恬的箝制，她往窗戶撞了過去！由於身體是由劉慧貞控制，她的臉狠狠的撞上玻璃，又紅又腫，玻璃

第九章　求救

都碎了！

「啊！」她慘叫一聲！

劉慧貞拖著她，不停的往外面爬，又被阿勝師父抓了回來，他拿著淨瓶水，往柳玉玟的衣服內一倒！宛如鹽酸倒入，立即擴散！如萬蟻囓食，柳玉玟全身無比刺痛，不停的又叫又跳！

「好痛！放開我！好痛！」她不停的抓扯身上的大衣，奇蹟似的，原本緊貼的大衣，一吋吋的鬆開。

柳玉玟扯開大衣，衣服的纖維和她的皮膚之間的連結應聲而斷！

柳玉玟又驚又喜，更加用力且快速的將大衣扯開！當大衣從她身上滑落，全部脫下來時，她又疼又燙的身體得到了舒解。不過她全身的皮膚又紅又腫，就像是泡水泡太久了，皮肉之間都產生皺褶，甚至潰爛。久未呼吸的皮膚，終於得到空氣了。

終於……脫下來了！

「啊——啊啊！」柳玉玟又哭又笑，她終於擺脫這件大衣了！

而在地上的大衣像是自己有生命，不停的扭動，並邊奇異的發出聲響，阿勝師父放下手上的淨瓶，拿起大衣，那大衣突然往他頭上一蓋，阿勝師父大叫一聲！

「啊！」

三個女人看到這種狀況，不禁害怕起來，阿勝師父遭到不測了嗎？他要是出事的話，她們該怎麼辦？

她們焦急的看著阿勝師父，只見阿勝師父不停和大衣博鬥，狀況有點可笑，卻沒人笑得出來。最後阿勝師父大喝一聲！將大衣取下，灰白的頭髮上有些黑色的屑屑。

「真是難纏。」

「抓、抓到了嗎？」錢兆潔驚恐的問道。

「嗯，不過這件大衣要燒掉，免得它遺害世人。」阿勝師父拿著大衣，那大衣裡面像是藏了什麼，不停的動來動去，甚至還發出類似悲鳴的聲音。

阿勝師父朝金爐的方向走去，已經有些香客正在燒金紙。

劉慧恬突然想到什麼，她趕緊上前，抓住了阿勝師父。「師父，對不起，等一下，這樣子的話，我姊姊她……」

「她將接受審判，重新輪迴。」

「這樣好嗎？」

「這是對所有往生者最好的方法。」

劉慧恬明白他的道理，她鬆開手，讓阿勝師父將大衣丟進金爐裡，阿勝師父往前一丟，手一鬆——

不知哪裡吹來的怪風，風勢強勁，將大衣吹走了！

「糟了！快將它拿回來！」阿勝師父一驚！急忙大吼！三個女人連忙上前去搶那件大衣，但大衣卻像羽毛般，順風而行，離她們越來越遠，最後竟然被吹過高聳的圍牆，不知道飛向何處。

「阿勝師父，怎麼辦？」錢兆潔急了！她本來是想除去劉慧貞的鬼魂的，這下又讓她跑了！

「命！一切都是命！」阿勝師父喟嘆不已。

第十章　鬼大衣

家裡少了個人，顯得空盪盪的。

媽媽……

柳玉玟擤了擤鼻子，即使淚已流過，仍像泉水般，輕易的湧出，她不知何時才能停止這無邊的哀傷。

最後醫院方面開出的死亡證書，是登記游淑桂自己勒斃自己，上面都是她的指紋。但為什麼會自己勒斃自己？院方人員則想不通，醫生懷疑她可能有憂鬱症，才會做出自己傷害自己的事情。

但柳玉玟明白，哪有什麼憂鬱症！這一切，都是劉慧貞搞的鬼。

殺人的手是劉慧貞的，游淑桂是在抗拒那股力量時，把她的指紋印上去了。但她並沒有說明，若是說出來的話，換她被送進醫院了。

在被她附身的時候，柳玉玟清楚的察覺她的意識，為了這副身體，她要除去所有可能阻攔她的人。她的母親首當其衝。

想到游淑桂，她又忍不住一陣鼻酸。

游淑桂不在了，家裡必須要由自己動手，柳玉玟忙了一整天，才發現清理家務，還要處理其他雜事，是多麼累人與煩人，而她從來沒分擔過。

懷著愧疚的心理，她將家裡打掃得一塵不染，游淑桂的房間擺設和她生前一模一樣，至於衣櫃裡的鏡子，早已請人清理乾淨，就連盥洗室裡的鏡子，也一併卸除，反正她也不需要了。

將家裡清理過後，她累到連澡都不想洗，就直接躺在游淑桂的房間，也許能找回一點溫情。

閉上眼睛，她很快就睡著了。

最近的天氣著實詭異，時而忽冷，時而忽熱，前幾天才冷颼颼的，今天溫度又飆到三十，連晚上都悶熱不堪，柳玉玟也沒有蓋棉被，雙手放於胸前，蜷

第十章　鬼大衣

縮有如蝦子。

窗外吹來涼風，也送來移動的人影。

劉慧貞站在窗口，貪婪的看著柳玉玟那副美好的身軀。那真實的、溫熱的身體，是活著的證明，寄附在大衣裡的靈魂，雖然也試過其他人，但沒有一個磁場和她如此雷同，所以，她又來了，尋求著機會。

她移動著靈魂，從狹隘的縫口擠了進去，來到了柳玉玟身邊，她摯愛的身軀啊！

柳玉玟是被寒意驚醒的！

她微閉眼睛，想要摸索旁邊的被子，卻發現觸感不一樣，這感覺……好熟悉？她張開眼睛，看到了一副燒焦的骷髏，穿著時尚的大衣，站在她眼前。

「啊！」

她彈跳了起來！見到那大衣，她就知道是劉慧貞了！

「給我……給我吧！」從焦黑的骷髏，發出可怕的聲音，劉慧貞伸出手，摸向柳玉玟的身體，柳玉玟飛快的滾到旁邊。

「給我……給我……」

「不要！」

柳玉玟哪會不知道她的意圖，劉慧貞是多麼渴望她的身體，她想要取代她活著，門都沒有！

她連滾帶爬，想要離開房間，卻被劉慧貞抓住了腳踝！

「啊！放開！放開我！」粗糙熱燙的手掌箝制了她，是因為劉慧貞被燒死，所以她的手也燙得像火嗎？柳玉玟用力抽回腳踝，上面都紅腫一圈。

她忍不住咒罵，身上的皮膚好不容易才快要好，劉慧貞又來，就是不給她好過！

「給我！」劉慧貞爬過去，她所行經的地方，都有一層焦黑的痕跡。

柳玉玟看到幫母親整理好的房間，竟然變得這麼髒，忍不住動怒，她的憤怒夾雜著恐懼，成為了另外一股力量。

「走開！」

她拿起擺在角落的檯燈，向她砸了過去！劉慧貞被燒得焦黑的臉，頓時少了一塊。

「給我！」她朝著柳玉玟繼續過去，身體不斷掉下灰黑色的屑末。

「不要！不要就是不要！」柳玉玟打開房門，衝了出去，她跑到客廳，劉慧貞也跟了上來。

由於太過慌亂，她連門都打不開，而劉慧貞搭上她的肩，柳玉玟驚叫一聲！用力將她推開！當劉慧貞跌倒在地的時候，柳玉玟聽到幾聲斷裂的聲音，像是她的骨頭被折斷。

即使如此，劉慧貞還是以詭異的姿勢努力爬了起來，並且一拐一拐的朝她走過來。

「為什麼要找我？為什麼不肯放過我？」柳玉玟哭喊著，抓到什麼就丟過去。

「只有妳的身體最適合我……」她發出笑聲，比哭聲還難聽。

「我不要！妳走開！」

「給我……」

劉慧貞一步步的接近，柳玉玟雙手亂揮，她抓著了大衣，用力的往上一揮，竟然將大衣從劉慧貞的身上脫了下來。

那是非常詭異的一副景象，一副全身燒焦，呈土褐色的骷髏，站在她面前，仍能辨得出人形，並且一步步朝她走來。而當劉慧貞發現大衣被脫時，驚慌的尖叫！

「衣服！我的衣服！」

柳玉玟她以更快的速度，將大衣搶了過來。見到大衣被搶，劉慧貞氣得破口大罵：

「把我的大衣還給我！」

「不要！」

第十章　鬼大衣

「還我！」

柳玉玟打開大門，往外跑了出去。

※　　※　　※

柳玉玟伸手一招，計程車馬上到她的身邊，即使時值半夜，市區還是許多車在行駛。

她跳上車子，說出目的地，司機從後照鏡怪異的看著她，這麼晚了還有人去廟裡？不過這廟離市區很近，他也沒多話，車子開了就走。

柳玉玟不停的往後望，看劉慧貞跟過來了沒有？

咚！

車頂突然一震！司機罵了一聲，停住車子，想要下車查看，柳玉玟已從一旁的車窗看到劉慧貞的頭從車頂彎了下來，她連忙拍著駕駛座。

「司機先生！快點快點！」

司機被她嚇了一大跳！尤其見到她蒼白的臉，更不明白發生什麼事，就在他疑惑的同時，一股刺鼻的燒焦味道衝進他的鼻子，全身骷髏如黑炭般的劉慧貞已經從車窗外爬進來了。

「啊！」

司機大叫一聲，連忙推開車門，跌跌撞撞的跑了出去，而劉慧貞則伸出乾褐的手去搶大衣。

「還……我……」

「走開！」柳玉玟用腳踹開劉慧貞，手裡拿著大衣，在大街上奔跑。見劉慧貞沒有跟上來，她才從口袋裡，拿出手機，撥給錢兆潔，電話響了十幾通後才有人接。

「喂！錢兆潔？我是柳玉玟，劉慧貞她……真的來了！」

「真的？她的大衣妳拿到了沒有？」錢兆潔急切的問道。

「拿到了，我現在要去找阿勝師父。」

「好，我等一下就到。」

第十章　鬼大衣

柳玉玟拿著大衣，左右張望，另外尋找交通工具，這時候的公車還沒完全停駛，她找到了前往廟宇的公車，搭了上去，坐到最後面。

可以鬆口氣了吧？她想。

就在這時候，有個細微的拍打聲，就在她的位置旁邊，她驚疑的轉過頭，劉慧貞就在窗外！她嚇得臉都白了！

「下車！下車！我要下車！」

公車司機被她嚇了一跳！還沒行進十公尺的車子頓時停住，讓她下車，柳玉玟連忙奔到下一站，重新搭公車，這次，一路上都沒有見到劉慧貞的鬼魂，她暫時鬆了口氣。

到了廟前方，柳玉玟直接繞到後門，按著電鈴。

半分鐘後，門打開了。

「阿勝師父！」柳玉玟連忙進去。「你說的沒錯，她真的來了。我照你的吩咐，把她的大衣帶過來了。」早在劉慧貞來之前，在阿勝師父警告之下，柳玉玟就已經知道會有這件事了。

為了將事情徹底解決，她只能面對。

「很好，跟我來吧！」阿勝師父滿意的道，他曾告知柳玉玟，無論劉慧貞何時找上她，她都可以直接帶她過來。

現在柳玉玟來了，她希望所有的事情，在今天都能結束。她跟在阿勝師父後面，阿勝師父走到金爐旁邊，轉動旁邊的開關，金爐裡面立即冒出熊熊大火！照亮了兩人的臉。

「交給我。」

柳玉玟把大衣交給阿勝師父，這次阿勝師父可不敢大意，他抓緊大衣，親自拿到金爐，非得看大衣著火，他才會將手拿出來。

「不——」

一聲淒厲的叫聲劃破長夜，劉慧貞跌跌撞撞奔了過來，想要搶走大衣，柳玉玟連忙躲在阿勝師父後面，阿勝師父忙將佛珠護在胸前，大衣伸到金爐裡面，已經開始燃燒。

「不——」劉慧貞想要伸手進去搶，被阿勝師父的佛珠彈開！

「大膽魍魎，竟敢闖進佛門聖地？」

「把我的大衣還我！」

「既然已經死亡，為什麼還在人間徘徊？」

「我是被人害死的！」劉慧貞怒吼。

「就算如此，也不能留在人間作孽。若令你們這麼放肆，豈不天下大亂？」阿勝師父字字嚴厲，有如重石擲地，鏗鏘有聲。然而對已經偏執的鬼魂來說，這番大道理早就聽不進去。

「我不管，把我的大衣還給我！」劉慧貞見大衣燃燒，更加焦急，就要爬了進去。

「妖孽，為何如此執著？」阿勝師父斥喝！

「為何如此執著？為何如此執著？」柳玉玟不確定是不是錯覺，她竟然看到劉慧貞的眼角有淚？她的心一悚。「那是定維給我的呀！」

「黃定維已經死了。」柳玟忍不住說道。

「我知道他已經死了，我也知道我會變成這樣，都是他害的，就算如此，我還是忘不了他。」劉慧貞淒楚的道。

「他不是妳害死的嗎？」仗著有阿勝師父在，柳玟的膽子稍稍大了些。

「哈哈哈！」劉慧貞突然笑起來。「那個傢伙根本不愛我，不過沒關係，我愛他啊！我以為只要有我的愛就足夠了！沒想到他還是不愛我，甚至把我……」想到死亡那一段，劉慧貞哽咽起來：「所以我附在大衣身上，因為那是他買給我的禮物，我也想要找到一個磁場相近的人，可以讓我報仇，沒想到遇到了妳。」她看著柳玟，柳玟倒吸了口氣，退了一步。

她就那麼衰，讓劉慧貞給看上嗎？

「那是定維給我的大衣，把它還給我！」劉慧貞又大吼起來。

大衣已經燃燒起來，只剩下一半，阿勝師父見狀，鬆開了手，劉慧貞情急之下，爬進金爐去！

「妳要知道，妳一進去就再也出不來了。」阿勝師父在一旁提醒。

「那是我的，是他送給我的！」劉慧貞淒厲的喊道。

「愚蠢！還在執迷不悟！」阿勝師父大斥。

就算黃定維那樣對她，她還是愛過他呀！她有多愛就有多恨，她對黃定維的感情，全都寄在大衣上，那是她與他唯一的連結。不管是愛也好，恨也罷！現在大衣就要燒毀了！劉慧貞哭喊著：

「把我的大衣還給我！」

面對如此執著的魍魎，勸也無用，阿勝師父不再阻攔，劉慧貞爬到裡面，讓金爐的火重新將她燃燒。

大衣……我的大衣……

劉慧貞抓到大衣了，但是大衣已經燒毀，她無法再擁有它了，劉慧貞悲號起來！

「啊——」

金爐的業火將大衣燒了乾乾淨淨，同時也把劉慧貞的靈魂燒空，所有的愛恨嗔癡也一併燒盡。

「怎麼了？」

「發生什麼事了？」

劉慧恬在接到錢兆潔的電話後，雙雙趕到了現場，在看到金爐裡正在悲嚎，被火燃燒的人形，不禁看得目瞪口呆。

「那是……」劉慧恬捂著嘴巴。

「那是她的選擇。」阿勝師父頭也不回往裡面走了。對他來說厲鬼已經消滅，所有事情已經終結。

錢兆潔見到金爐的人形，不禁大喜，但又不敢確定，她跑到阿勝師父身邊問道：

「師父，劉慧貞她還會再來嗎？」

「她不會再來糾纏妳們了。」

「你是說……她已經完全被消滅了嗎？」為免夜長夢多，錢兆潔問得相當清楚。

「已經煙消雲滅，魂飛魄散。」言下之意，當然是沒辦法作祟。

錢兆潔心中大喜，卻又不敢表現出來，她走到劉慧恬身邊，安慰著她，而柳玉玟則看著金爐內，突然垮掉的人形火焰，還有認不出形體的灰燼。

※　※　※

「拿去，全都拿去！」康意華將一個紙箱，放到劉慧恬的面前。

劉慧恬看著箱子裡，都是她拿到康意華的店裡賣的東西，她將有關劉慧貞的東西都退還給她了。

康意華餘悸未消。

「以後妳不要再拿東西過來了。」她發出封鎖令。

劉慧恬也沒說什麼，默默的把東西拿到錢兆潔的車上，錢兆潔開著車載她到了阿勝師父的地方，讓她下了車。

「等一下要來接妳嗎？」

「不用了，等這些東西燒完之後，我自己回去就可以了。」劉慧恬決定把劉慧貞的東西，請阿勝師父全部燒掉。雖然覺得有點可惜，但或許這是最好的方式。

「嗯。」

錢兆潔望著她進到廟裡，嘴角浮現笑容。

既然劉慧恬都那樣說了，她就先行回家。她伸手，把那些求來的平安符往車外一丟。嘖！她這臺車擺著黃色的符咒，看起來真的很不適合，還是乾淨點好。

反正她現在也用不著這些了，不是嗎？

已經很久沒有好好睡個好覺了，錢兆潔回到家後，開心的放水泡澡，洗去一身的汗水。

第十章　鬼大衣

劉慧貞的事，讓她這幾天頭痛極了，她甚至從阿勝師父那邊，要了好幾個護身符，現在應該用不著了，在事情結束之後，她已經不知道放哪裡去了，車上那幾個是最後清理的。

錢兆潔微笑起來，這下子，她和黃定維所做的事，應該就沒有人發現了吧？沒有人，也沒有鬼會再來找她算帳了。

那個女人，還想跟她搶黃定維，也未免太自不量力了，難道她看不出來黃定維只是想跟她玩玩，最後還是會跟她分手嗎？那種男人，越得不到手就越想要，輕易得到手的就棄之如敝屣，這也是她為什麼能留住黃定維的緣故，只有那個傻女人搞不清楚狀況。

不過算了，她不想再跟這件事有糾葛了。

相關人物都死了，她再也不用提心吊膽了，想到這裡，錢兆潔露出滿意的笑容。

她邊哼歌邊泡澡，洗淨身體之後，覺得肚子餓了，穿上衣服，到衣櫃找件外套穿上，再到樓下的便利商店去買吃的。

從外頭回來，她放下便利商店的袋子，想要把外套脫掉……咦？拉鍊壞了嗎？怎麼脫不開？

既然拉鍊無法拉開，她從腰部掀起，想要由下往上翻脫，卻發現她的肚子傳來疼痛！

「啊！」

好痛……怎麼搞的？

她小心翼翼的將外套下擺掀起來看，赫然發現衣服的纖維，和她的皮膚黏住了？她大吃一驚！這是怎麼回事？

「嘻嘻嘻……」

笑聲從腦海裡不斷湧出來，她驚恐的抬起頭來，朝放在架子上的鏡子一看，裡面有個男人，他的頭顱破了個洞，血流滿面，穿著和她身上一模一樣的外套。

第十章　鬼大衣

「定、定維？」她感到全身上下，像是有蛆蟲在爬。

「兆潔……」男人的聲音又輕又柔。

「走、走開！走開！」錢兆潔尖叫起來！

「想我嗎？」

「沒有！沒有！」錢兆潔不斷上下跳動！以為這樣就可以把衣服從身上脫下來。

「我好想你……」男人的聲音又傳了過來。

「不要！」錢兆潔開始流淚，她才剛擺脫掉劉慧貞，現在又來一個黃定維，為什麼他要纏她？

「妳也想我，就像我想妳一樣，記得我們兩人有多相愛嗎？我們曾經說過，如果想我的話，只要穿上外套，就像我抱著妳一樣。所以，我來了。」黃定維的樣貌雖然恐怖，但他的語氣卻是滿足的。因為，他可以永遠在她身邊了。

她記起來了！

這是黃定維送她的衣服，在她生日的時候，他到百貨公司幫她買了件衣服，而且為了她，他不惜和劉慧貞決裂，甚至在她的慫恿下殺了劉慧貞，表明對她的情貞意堅，那他現在……

不要！不要啊！

錢兆潔四處尋找她的護身符，驀然想起，在解決劉慧貞的事情，她的符已經不知道丟到何處了？

現在，只剩她單獨面對黃定維的鬼魂。

「啊——」

電子書購買

國家圖書館出版品預行編目資料

惡手大衣 / 梅洛琳著 . -- 第一版 . -- 臺北市：崧燁文化事業有限公司 , 2021.09
面； 公分
POD 版
ISBN 978-986-516-842-1(平裝)
863.57 110014836

惡手大衣

臉書

作　　者：梅洛琳
編　　輯：鄒詠筑
發 行 人：黃振庭
出 版 者：崧燁文化事業有限公司
發 行 者：崧燁文化事業有限公司
E-mail：sonbookservice@gmail.com
粉 絲 頁：https://www.facebook.com/sonbookss/
網　　址：https://sonbook.net/
地　　址：台北市中正區重慶南路一段六十一號八樓 815 室
Rm. 815, 8F., No.61, Sec. 1, Chongqing S. Rd., Zhongzheng Dist., Taipei City 100, Taiwan (R.O.C)
電　　話：(02)2370-3310　　傳　　真：(02) 2388-1990
印　　刷：京峯彩色印刷有限公司（京峰數位）

定　　價：250 元
發行日期：2021 年 09 月第一版
◎本書以 POD 印製